Conheça os títulos da coleção SÉRIE OURO:

1984
A ARTE DA GUERRA
A DIVINA COMÉDIA - INFERNO
A DIVINA COMÉDIA - PURGATÓRIO
A DIVINA COMÉDIA - PARAÍSO
A IMITAÇÃO DE CRISTO
A INTERPRETAÇÃO DOS SONHOS
A METAMORFOSE
A MORTE DE IVAN ILITCH
A ORIGEM DAS ESPÉCIES
A REVOLUÇÃO DOS BICHOS
ALICE NO PAÍS DAS MARAVILHAS
ALICE ATRAVÉS DO ESPELHO
CARTAS A MILENA
CONFISSÕES DE SANTO AGOSTINHO
CONTOS DE FADAS ANDERSEN
CRIME E CASTIGO
DOM CASMURRO
DOM QUIXOTE
FAUSTO
MEDITAÇÕES
MEMÓRIAS PÓSTUMAS DE BRÁS CUBAS
MITOLOGIA GREGA E ROMANA
O DIÁRIO DE ANNE FRANK
O IDIOTA
O JARDIM SECRETO
O LIVRO DOS CINCO ANÉIS
O MORRO DOS VENTOS UIVANTES
O PEQUENO PRÍNCIPE
O PEREGRINO
O PRÍNCIPE
O PROCESSO
ORGULHO E PRECONCEITO
OS IRMÃOS KARAMÁZOV
PERSUASÃO
RAZÃO E SENSIBILIDADE
SOBRE A BREVIDADE DA VIDA
SOBRE A VIDA FELIZ & TRANQUILIDADE DA ALMA
VIDAS SECAS

Conheça os títulos da coleção SÉRIE LUXO:

JANE EYRE
O MORRO DOS VENTOS UIVANTES

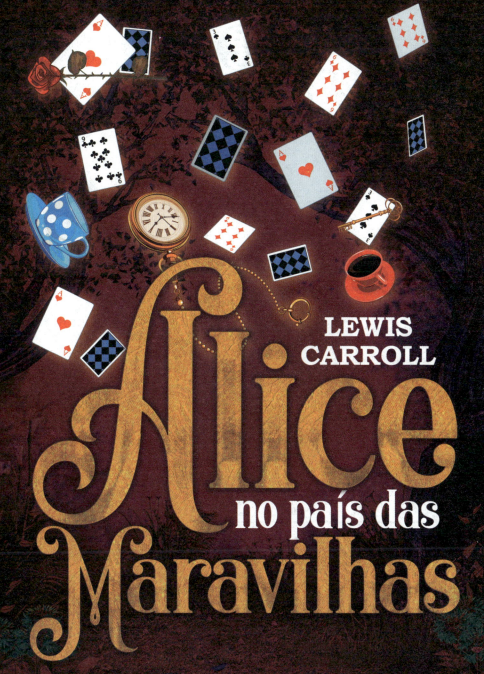

Alice
no país das
Maravilhas

LEWIS CARROLL

TEXTO INTEGRAL
EDIÇÃO ESPECIAL DE 160 ANOS

Fundador: Baptiste-Louis Garnier

Copyright desta tradução © IBC - Instituto Brasileiro De Cultura, 2021

Título original: Alice in Wonderland
Reservados todos os direitos desta tradução e produção, pela lei 9.610 de 19.2.1998.

2ª Impressão 2025

Presidente: Paulo Roberto Houch
MTB 0083982/SP

Coordenação Editorial: Priscilla Sipans
Coordenação de Arte: Rubens Martim
Tradução e Preparação de Texto: Fabio Kataoka
Diagramação: Rogério Pires
Revisão: Valéria Paixão

Vendas: Tel.: (11) 3393-7727 (comercial2@editoraonline.com.br)

Foi feito o depósito legal.
Impresso na China

Dados Internacionais de Catalogação na Publicação (CIP)
de acordo com ISBD

G236l   Garnier Editora

Livro Alice no País das Maravilhas - Lewis Carroll - Edição Luxo /
Garnier Editora. - Barueri : Garnier Editora, 2023.
144 p. ; 15,1cm x 23cm.

ISBN: 978-65-84956-36-0

1. Literatura infantojuvenil. 2. Literatura inglesa. I. Título.

2023-2709   CDD 028.5
                       CDU 82-93

Elaborado por Odilio Hilario Moreira Junior - CRB-8/9949

IBC — Instituto Brasileiro de Cultura LTDA
CNPJ 04.207.648/0001-94
Avenida Juruá, 762 — Alphaville Industrial
CEP. 06455-010 — Barueri/SP
www.editoraonline.com.br

Sumário

Capítulo 1   Indo pela toca do Coelho 07

Capítulo 2   A Piscina de lágrimas 15

Capítulo 3   A Corrida do comitê e uma longa história 23

Capítulo 4   O Coelho envia Bill 31

Capítulo 5   Conselhos de uma Lagarta 41

Capítulo 6   Porco e pimenta 53

Capítulo 7   Um chá maluco 67

Capítulo 8   O jogo de críquete da Rainha 81

Capítulo 9   A história da Tartaruga Falsa 93

Capítulo 10   A quadrilha da Lagosta 105

Capítulo 11   Quem roubou as tortas? 119

Capítulo 12   O depoimento de Alice 129

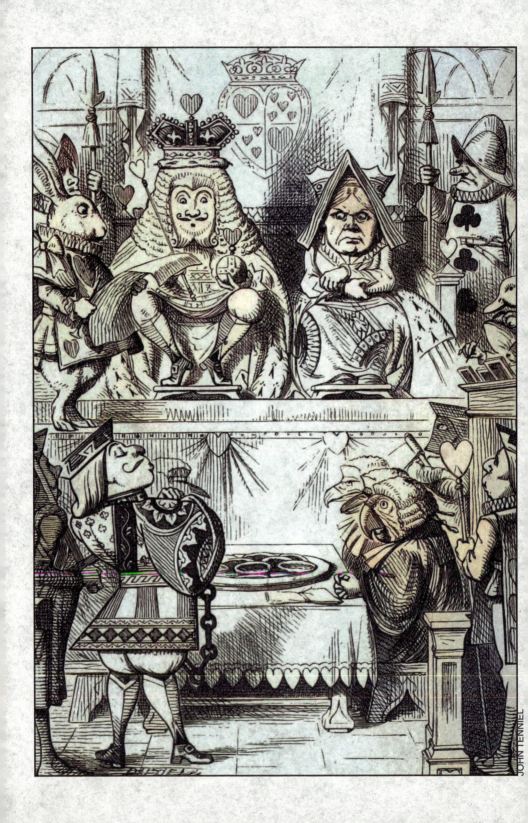

lice estava começando a ficar muito cansada de sentar-se ao lado de sua irmã no banco e de não ter nada para fazer, uma ou duas vezes ela espreitava o livro que sua irmã estava lendo, mas não tinha fotos ou conversas nele. "E para que serve um livro", pensou Alice, "sem fotos ou conversas?" Então, ela pensava (o melhor que podia, pois o dia quente a fazia sentir-se muito sonolenta e estúpida), se o prazer de fazer uma guirlanda de margarida valeria a pena o esforço de se levantar para colher as flores quando, de repente, um coelho branco de olhos rosados aparece correndo, bem perto dela. Não havia nada de tão notável nisso; nem Alice achava que estava tão fora de si para ouvir o coelho dizer: "Oh meu Deus! Ai, ai, ai! Vou chegar atrasado!" (Quando ela parou para pensar, ocorreu-lhe que deveria ter se perguntado sobre isso, mas na época tudo parecia bastante natural); mas quando o coelho realmente tirou um relógio do bolso de seu colete e olhou para ele, e então se apressou, Alice começou a se levantar, pois passou pela sua mente que nunca havia visto um coelho com um colete utilizando um relógio de bolso. Queimando de curiosidade, ela correu pelo campo atrás dele, felizmente chegou a tempo de vê-lo entrar em um grande buraco próximo à cerca. Alice foi atrás dele, logo em seguida, entrando na toca sem pensar em como sairia dela.

LEWIS CARROLL

A toca do coelho era como um túnel que se transformaria em um fosso de repente, de tal forma que Alice se encontrou em uma queda sem fim: ou o poço era muito profundo, ou ela caía muito lentamente, pois teve muito tempo enquanto descia para olhar a boca do poço se afastando e se perguntar o que iria acontecer em seguida. Primeiro, ela tentou olhar para baixo e ver o que a esperava, mas estava muito escuro para enxergar qualquer coisa, então ela olhou para os lados, notando que armários e prateleiras de livros preenchiam as paredes do poço, e que havia mapas e fotos penduradas. A menina tirou um frasco de uma das prateleiras enquanto caía; estava rotulado "GELEIA DE LARANJA", mas, para sua grande decepção, estava vazio, jogando-o em outra prateleira por medo de deixá-lo cair e matar alguém.

"Bem!", falou Alice para si mesma, "depois de uma queda dessas, não vou me importar nada de levar um trambolhão na escada! Todos em casa me acharão corajosa! Ora, eu não diria nadinha, mesmo que caísse do topo da casa!" (O que muito provavelmente era verdade.)

Caindo, caindo, caindo. Será que a queda nunca chegaria a um fim? "Quantos quilômetros eu já caí até agora?", disse ela em voz alta. "Devo estar chegando a algum lugar perto do centro da Terra. Deixe-me ver: isso seria quatro mil milhas abaixo, eu acho..." (pois, veja, Alice tinha aprendido várias coisas desse tipo em suas lições na escola e, embora esta não fosse uma boa oportunidade para mostrar seus conhecimentos, já que não havia ninguém para escutá-la, ainda assim era uma boa ideia praticar) "...sim, é mais ou menos essa distância... mas então eu me pergunto a que latitude ou longitude estou?" (Alice não tinha ideia do que era latitude, ou longitude, mas achava que eram belas palavras a se dizer.)

Logo começou a pensar novamente. "Será que atravessarei a Terra? Seria engraçado cair no meio das pessoas que andam com a cabeça para baixo! Os antipáticos, eu acho..." (Alice ficou bastante feliz por não ha-

ver ninguém escutando, desta vez, pois não soou como a palavra certa) "...mas terei que perguntar qual é o nome do país, vocês sabem. Por favor, senhora. Seria Nova Zelândia ou Austrália?" (Tentando reverenciar enquanto falava... imagine reverenciar enquanto caía no ar! Você acha que conseguiria?) "Me acharão uma garotinha ignorante! Não, não convém perguntar, talvez eu veja o nome escrito em algum lugar."

Para baixo, para baixo, para baixo. Não havia mais nada a fazer, então Alice logo começou a falar novamente. "A Dinah vai sentir muito a minha falta de noite!" - Dinah era a gata. "Espero que eles se lembrem de colocar leite em seu potinho na hora do chá. Dinah, minha querida! Gostaria que você estivesse aqui comigo! Não há ratos no ar, mas você poderia pegar um morcego que é muito parecido com um rato, você sabe. Mas será que os gatos comem morcegos?". Alice começou a ficar com sono, mas continuou dizendo para si mesma, de uma forma sonhadora: "Será que os gatos comem morcegos? Os gatos comem morcegos?" e, às vezes, "Os morcegos comem gatos?" Como ela não conseguia responder a nenhuma das duas perguntas, não importava muito de que maneira ela colocava a questão. Ela sentiu que estava sonolenta, tinha acabado de começar a sonhar que estava caminhando de mãos dadas com Dinah, e dizendo-lhe muito sinceramente: "Agora, Dinah, diga-me a verdade: você já comeu um morcego?", quando, de repente, bum! Caiu sobre um monte de gravetos e folhas secas e a queda terminou.

Alice não estava nem um pouco ferida e, num piscar de olhos, estava de pé. Ela olhou para cima, mas estava tudo escuro; adiante havia um corredor escuro onde o Coelho Branco ainda estava à vista, correndo apressadamente. Não havia nada a perder; Alice correu como o vento, e chegou a tempo de ouvi-lo dizer, ao virar uma esquina: "Oh meus ouvidos e bigodes, como está ficando tarde!" Ela estava bem rente a ele, mas quando dobrou a esquina não havia mais sinal do Coelho Branco; viu-se num salão comprido e baixo, iluminado por uma fileira de lâmpadas penduradas no teto.

LEWIS CARROLL

Havia portas ao redor do salão inteiro, mas estavam todas trancadas; depois de percorrer todo um lado e voltar pelo outro, experimentando cada porta, caminhou desolada até o meio, pensando como haveria de sair dali. De repente ela se deparou com uma pequena mesa de três pernas, toda feita de vidro, não havia nada nela exceto uma pequena chave dourada, e o primeiro pensamento de Alice foi que ela poderia pertencer a uma das portas do salão, mas, infelizmente, ou as fechaduras eram muito grandes, ou a chave era muito pequena, mas de qualquer forma não abriu nenhuma delas. No entanto, ela se deparou com uma cortina baixa que não havia notado antes, e atrás dela havia uma pequena porta de cerca de uns 40 centímetros de altura. Ela tentou a pequena chave dourada na fechadura, e para sua grande alegria encaixou!

Alice abriu a porta e descobriu que ela levava a uma pequena passagem, não muito maior que um buraco de rato. Ela se ajoelhou e olhou ao longo da passagem para o jardim mais lindo que já tinha visto. Como ela ansiava sair daquele salão escuro e vaguear entre aquelas camas de flores brilhantes e aquelas fontes frescas, mas não conseguia sequer passar a cabeça pela porta; "e mesmo que minha cabeça passasse", pensou a pobre Alice, "seria de muito pouca utilidade sem meus ombros". "Oh, como eu gostaria de poder me fechar como um telescópio! Eu acho que poderia, se soubesse pelo menos como começar". Pois, tantas coisas fora do comum tinham acontecido ultimamente, que Alice tinha começado a pensar que poucas coisas eram realmente impossíveis.

Parecia não adiantar esperar ao lado da pequena porta, então ela voltou para a mesa, na esperança de encontrar outra chave sobre ela, ou de qualquer forma um livro de regras para encolher pessoas como telescópios; desta vez ela encontrou uma pequena garrafa, ("que certamente não estava aqui antes", disse Alice) e ao redor do gargalo da garrafa estava um rótulo de papel, com as palavras "BEBA-ME", lindamente impresso em letras grandes.

ALICE NO PAÍS DAS MARAVILHAS

Era fácil dizer "beba-me", mas a sábia pequena Alice não ia fazer isso com pressa. "Não, vou olhar primeiro", disse ela, "e ver se está marcado como 'veneno' ou não"; pois ela tinha lido várias pequenas histórias excelentes sobre crianças que tinham sido queimadas e comidas por animais selvagens e outras coisas desagradáveis, tudo porque não se lembravam das regras simples que seus amigos lhes tinham ensinado; como, por exemplo, que um atiçador em brasa quente queimará você se segurá-lo por muito tempo; e que se você cortar seu dedo muito profundamente com uma faca, ele geralmente sangra; e ela nunca esqueceu que, se você beber muito de uma garrafa marcada com a palavra "veneno", é quase certo que morrerá, mais cedo ou mais tarde.

No entanto, esta garrafa não estava marcada com "veneno", então Alice aventurou-se a saboreá-la, e achando-a muito agradável, (na verdade, tinha uma espécie de sabor misto de cereja, creme de leite, peru assado, abacaxi, puxa-puxa e torradas com manteiga quente), ela bebeu tudo.

"Que sensação curiosa", disse Alice; "Devo estar encolhendo como um telescópio."

E assim foi, de fato, agora ela tinha apenas vinte centímetros de altura, e seu rosto brilhava ao pensar que ela era do tamanho certo para atravessar a pequena porta e ir ao lindo jardim. Primeiro, porém, ela esperou alguns minutos para ver se iria encolher mais. Ela se sentiu um pouco nervosa com isso; "pois poderia acabar, você sabe", disse Alice para si mesma, "me fazendo sumir por completo, como uma vela... como seria eu nesse caso?" E ela tentou imaginar como é a chama de uma vela depois que esta se apaga, pois ela não se lembrava de ter visto tal coisa.

Depois de um tempo, descobrindo que nada mais aconteceu, ela decidiu entrar imediatamente no jardim, mas quando chegou

LEWIS CARROLL

à porta, lembrou-se que havia esquecido a pequena chave dourada, e quando voltou à mesa para buscá-la, descobriu que não conseguia alcançá-la; ela podia vê-la bem claramente através do vidro. Tentou ao máximo subir em uma das pernas da mesa, mas estava muito escorregadia e, quando se cansou de tentar, a pobre coitada sentou-se e chorou. "Vamos, não adianta chorar assim", disse Alice para si mesma, num tom rude; "eu a aconselho a parar de choramingar!". Ela geralmente se dava conselhos muito bons (embora ela raramente os seguisse), e às vezes ela se repreendia tão severamente a ponto de trazer lágrimas em seus olhos; e uma vez ela se lembrou de tentar puxar suas próprias orelhas por ter se enganado em um jogo de críquete que estava jogando contra si mesma, pois esta curiosa criança gostava muito de fingir ser duas pessoas. "Mas agora não adianta", pensou a pobre Alice, "fingir ser duas pessoas! Ora, não sobrou quase nada de mim para fazer uma pessoa respeitável!"

Logo deu de olhos sobre uma pequena caixa de vidro que estava embaixo da mesa. Ela a abriu e encontrou um bolo muito pequeno, no qual as palavras "COMA-ME" estavam lindamente marcadas com groselhas. "Bem, eu vou comê-lo", disse Alice, "e se me fizer crescer, posso alcançar a chave; e se me fizer ficar menor, posso rastejar debaixo da porta; então, de qualquer maneira eu vou entrar no jardim, e não me importo com o que aconteça!"

Ela comeu um pouco, e disse ansiosamente a si mesma: "Para cima ou para baixo? Para cima ou para baixo?", segurando a mão no topo da cabeça para sentir como estava crescendo, e ela ficou bastante surpresa ao descobrir que continuava do mesmo tamanho. Isso geralmente acontece quando se come bolo, mas Alice tinha se metido em tantas esquisitices no caminho, que parecia bastante monótono e maçante que a vida continuasse do jeito comum.

Então ela começou a comer e, num segundo, terminou o bolo.

"**C**ADA VEZ MAIS ESTRANHÍSSIMO", gritou Alice (ela ficou tão surpresa que no momento esqueceu completamente como se fala direito); "Agora estou crescendo como o maior telescópio que já existiu! Adeus, pés!" (pois quando ela olhou para seus pés, eles pareciam estar quase fora de vista, de tão distantes). "Oh, meus pobres pezinhos, quem será que vai calçar sapatos e meias em vocês agora, queridos? Tenho certeza de que não serei capaz! Estarei muito longe, arranjem-se como puderem… mas preciso ser gentil com meus pés ou talvez eles não sigam o caminho que eu quero seguir! Deixe-me ver... Eu lhes darei um novo par de botas a cada Natal", pensou Alice.

E ela continuou pensando com seus botões em como iria lidar com isso. "As botas terão de ir pelo correio", pensou ela, "e como vai parecer engraçado mandar presentes aos próprios pés! E como as direções vão parecer estranhas!

    Ao pé direito de Alice, Esq...,
        Coração,
            perto do para-lamas,
                (com o amor de Alice).

Ai, quanta bobagem estou falando!

ALICE NO PAÍS DAS MARAVILHAS

Logo em seguida, sua cabeça bateu contra o teto do salão; na verdade, ela tinha agora mais de dois metros de altura e, imediatamente, pegou a pequena chave dourada e saiu correndo para a porta do jardim. Pobre Alice! Era o máximo que ela podia fazer, deitada de um lado, para espiar o jardim; mas passar pela porta era mais desesperador do que nunca: ela se sentou e começou a chorar novamente.

"Você deveria ter vergonha de si mesma", disse Alice, "uma grande garota como você", (ela poderia muito bem dizer isto), "chorando dessa maneira! Pare com isso!". Mas ela continuou mesmo assim, derramando galões de lágrimas, até que se formou uma grande piscina à sua volta, com cerca de um palmo de profundidade e chegando à metade do corredor.

Depois de um tempo, ela ouviu passinhos leves e secou os olhos apressadamente para ver o que estava por vir. Era o Coelho Branco voltando, esplendidamente vestido, com um par de luvas brancas de criança em uma mão e um grande leque na outra; ele veio saltando com muita pressa, murmurando para si mesmo ao chegar: "Oh! A Duquesa, a Duquesa! Oh! Ela ficará furiosa por tê-la feito esperar!". Alice sentiu-se tão desesperada que estava pronta para pedir ajuda a qualquer um; assim, quando o coelho se aproximou, ela começou, com uma voz baixa e tímida: "Por favor, senhor...". O coelho saltou, soltou as luvas brancas e o leque, e se apressou para a escuridão o mais rápido que pôde.

Alice pegou o leque e as luvas e, como o salão estava muito quente, ela se abanava enquanto continuava falando: "Nossa! Como tudo está estranho hoje! E ontem as coisas estavam normais, como de costume. Será que eu fui trocada durante a noite? Deixe-me pensar: eu era a mesma quando me levantei esta manhã? Acho que me lembro de me sentir um pouco diferente. Mas se eu não sou a mesma, a próxima pergunta é: Quem sou eu? Ah, esse é o grande quebra-cabeça!". E ela começou a pensar em todas as crianças que conhecia de sua mesma idade para ver se poderia ter sido trocada por alguma delas.

"Tenho certeza de que não sou Ada", disse ela, "pois o cabelo dela é cacheado e longo, e o meu é liso; e tenho certeza de que não posso ser Mabel, pois sou esperta e sei das coisas, enquanto ela não sabe nada! Além disso, ela é ela, e eu sou eu. Como tudo isso é intrigante! Vou tentar pensar se ainda sei todas as coisas que eu costumava saber. Deixe-me ver: quatro vezes cinco são doze, e quatro vezes seis são treze, e quatro vezes sete é... ai, ai! Eu nunca chegarei a vinte dessa forma! Entretanto, a Tabela de Multiplicação não conta; vamos tentar a Geografia. Londres é a capital de Paris, e Paris é a capital de Roma, Roma... não, está tudo errado, tenho certeza! Eu devo ter sido trocada por Mabel! Vou tentar recitar:

'A abelhinha atarefada'", ela cruzou as mãos no colo como se estivesse dando uma lição, e começou a recitar, mas sua voz parecia rouca e estranha, e as palavras não vinham à mente como de costume:

Como é que o pequeno crocodilo

Faz sua cauda luzir,

E derramar as águas do Nilo

Dourada!

Com sorriso largo, vai nadando,

Manso, com as garras encolhidas,

E receba os peixinhos

em sua mandíbula, descaradamente, sorrindo!

"Tenho certeza de que essas não são as palavras certas", disse a pobre Alice, e seus olhos se encheram de lágrimas novamente enquanto ela continuava, "eu devo ser Mabel e terei que ir morar naquela casinha minúscula, e não ter quase nenhum brinquedo para brincar! Muitas lições para aprender, como sempre! Não, eu já me decidi, se eu for Mabel, ficarei aqui embaixo! Não adianta eles me olharem e dizerem: 'Suba de novo, querida!'. Só vou olhar para cima e dizer: 'Quem sou eu então'? Diga-me isso primeiro, e depois, se eu gostar de ser essa pessoa, subirei; se não, ficarei aqui até ser alguma outra pessoa". Puxa! – gritou Alice, com um súbito estouro de lágrimas. "Eu gostaria que eles me olhassem! Estou muito cansada de ficar aqui sozinha!"

Ao dizer isto, ela olhou para suas mãos, e ficou surpresa ao ver que havia colocado uma das luvas de criança branca do Coelho enquanto falava. "Como eu posso ter feito isso?", pensou ela. "Eu devo estar diminuindo novamente." Ela se levantou e foi até a mesa para ver se ainda estava alta ou se sequer a alcançava, e descobriu que ela estava agora com cerca de sessenta centímetros de altura, e continuava encolhendo rapidamente. Logo descobriu que a causa era o leque que segurava, jogando-o no chão antes que sumisse por completo.

"Foi por um triz!", disse Alice assustada, mas muito feliz por ainda existir; "e agora para o jardim!" e correu com toda velocidade em direção à pequena porta, mas a pequena porta estava fechada novamente, e a pequena chave dourada estava deitada sobre a mesa de vidro como antes, "e as coisas estão piores do que nunca", pensou a pobre criança, "estou ainda menor do que antes, e isso é péssimo!". Enquanto ela dizia estas palavras, seu pé escorregou e... tchibum! Estava só com a cabeça para fora daquela piscina de água salgada. Sua primeira ideia foi que de alguma forma ela havia caído no mar, "e nesse caso eu posso voltar de trem", disse à si mesma (Alice viu o mar apenas uma vez em sua vida, e tinha chegado a conclusão que, onde quer que você vá na costa inglesa, encontrará uma série de máquinas de banho no mar, algumas crianças cavando na areia com pás de madeira, uma sequência de casas de hospedagem, e atrás delas uma estação ferroviária). Contudo, logo percebeu que estava na piscina de lágrimas que havia chorado quando estava muito alta.

"Quem me dera não ter chorado tanto", disse Alice, enquanto nadava, tentando encontrar uma saída. "Eu serei punida por isso agora, afogada em minhas próprias lágrimas! Isso com certeza será esquisito, como tudo que tem acontecido hoje!"

Logo depois, Alice ouviu algo agitando a água da piscina, e nadou na direção do som tentando ver o que era. No início, pensou que devia ser uma morsa ou um hipopótamo, mas depois se lembrou de como era

pequena agora, e logo percebeu que era apenas um rato que tinha escorregado, assim como ela.

"Se eu for falar com o rato, será que ele poderia me ajudar? Tudo está tão fora do caminho aqui embaixo, que eu deveria pensar que muito provavelmente ele sabe falar, de qualquer forma, não há mal nenhum em tentar". Então, começou: "Ó Rato, você sabe o caminho para sair dessa piscina? Estou muito cansada de nadar por aqui, ó Rato!" (Alice pensou que essa deveria ser a maneira correta de falar com um rato, nunca tinha feito tal coisa antes, mas se lembrou de ter visto na gramática latina de seu irmão: "Um rato – de um rato – para um rato – de um rato – para um rato!"). O pequeno roedor olhou para ela de forma bastante inquisitiva, e pareceu-lhe piscar um de seus olhos, mas sem dizer sequer uma palavra...

"Talvez não entenda inglês", pensou Alice; "Deve ser um rato francês, que veio com Guilherme, o Conquistador" (Alice não tinha certeza de quando tinha sido, mesmo com todo seu conhecimento em história). Então, recomeçou: "*Où est ma chatte?*", por ser a primeira frase em seu livro de francês. O Rato deu um salto para fora da água e parecia tremer de susto. "Oh, peço perdão!", gritou Alice apressadamente, com medo de que ela o tivesse ofendido. "Eu esqueci que você não gosta de gatos."

"Não gosto de gatos!", gritou o Rato, com uma voz estridente. "Você gostaria de gatos se fosse eu?"

"Bem, talvez não", disse Alice num tom suave: "Não fique bravo com isso, gostaria de poder lhe mostrar nossa gata Dinah; acho que iria começar a ter algum afeto por gatos se pudesse apenas vê-la. Ela é uma coisinha tão querida e tranquila", continuou Alice, falando mais para si mesma, enquanto nadava preguiçosamente na piscina, "e fica sentada ronronando próxima à lareira, lambendo as patas e limpando a cara, tão fofa e gostosa de se mimar e é excelente para apanhar ratos... oh, peço desculpas!", gritou Alice novamente, pois desta vez o Rato estava todo arrepiado e parecia ter se ofendido. "Não falaremos mais sobre ela se você preferir."

LEWIS CARROLL

"De fato!", gritou o Rato, tremendo até a ponta do rabo. "Como se eu falasse sobre um assunto assim! Nossa família sempre odiou os gatos, coisas desagradáveis, baixas, vulgares! Não quero ouvir sobre eles novamente!"

"Eu não vou mesmo", disse Alice, com muita pressa para mudar de assunto. "E... você gosta de cachorros?" O Rato não respondeu, então Alice prosseguiu, animada: "Há um cãozinho tão simpático perto da minha casa que eu gostaria de lhe mostrar! Um pequeno terrier de olhos brilhantes, você sabe, com pelo castanho encaracolado, tão longo! E ele vai buscar coisas quando você as joga, e vai se sentar e implorar por seu jantar, e todo tipo de coisas... não consigo lembrar da metade delas... seu dono é um fazendeiro, sabe, e ele diz que é tão útil, que vale cem libras! Ele diz que mata todos os ratos e... oh!", gritou Alice num tom triste, "acho que o ofendi novamente!" Pois o Rato estava nadando para longe dela o mais rápido que podia, agitando a água a cada movimento. Ela o chamou suavemente: "Senhor rato! Volte, não vamos falar sobre gatos ou cães!" Quando o Rato ouviu isto, ele se virou e nadou lentamente de volta para ela, seu rosto estava bastante pálido (emocionado, pensou Alice), e disse em voz baixa e trêmula: "Vamos para a margem, e então eu lhe contarei minha história, e você entenderá porque é que eu odeio gatos e cães."

Já era hora de ir, pois a piscina estava ficando bastante lotada com os pássaros e animais que haviam caído nela. Havia um pato e um dodô, um papagaio e uma águia, e várias outras criaturas curiosas. Alice foi na frente, e todos nadaram para a margem.

Eles eram de fato um grupinho estranho, reunidos na margem – os pássaros arrastando suas penas, os animais com os pelos grudados no corpo e todos ensopados, mal-humorados e desconfortáveis.

A primeira questão era pensar em como se secar. Estavam reunidos e discutindo sobre isso e, após alguns minutos, Alice encontrava-se conversando de forma natural e familiar com os animais, como se os conhecesse durante toda sua vida. De fato, ela teve uma longa discussão com o Papagaio, que se irritou e dizia: "Sou mais velho que você, portanto devo ser mais sabido", mas Alice não admitiria até saber a sua idade, porém, o papagaio se recusou a dizer, encerrando a conversa.

Finalmente o Rato, que parecia ser uma figura de autoridade entre eles, gritou: "sentem-se todos e me escutem! Em breve os deixarei secos o suficiente!" Sentaram-se todos de uma vez, formando um círculo, com o Rato no meio. Alice manteve seus olhos ansiosos fixos nele, pois tinha certeza de que pegaria um resfriado se não secasse logo.

"Aham!", pigarreou o Rato com um ar importante, "vocês estão prontos? Esta é a coisa mais seca que eu conheço. Silêncio a todos, se não se importam! Guilherme, o Conquistador, cuja causa era favorecida pelo Papa, foi logo submetido pelos ingleses, que queriam líderes, e que se acostumaram à usurpação e à conquista. Edwin e Morcar, os Condes de Mércia e Northumbria…"

ALICE NO PAÍS DAS MARAVILHAS

"Ugh!", engasgou o Papagaio, com um arrepio.

"Peço desculpas", disse o Rato um tanto emburrado, mas ainda de forma educada: "Você disse algo?"

"Eu não!", disse apressadamente o Papagaio.

"Pensei que tinha", disse o Rato. "Continuando: 'Edwin e Morcar, os Condes de Mércia e Northumbria, declararam seu apoio a ele e até Stigand, o arcebispo patriótico de Canterbury, achou oportuno…'"

"Achou o quê?", disse o Pato.

"Achou isso", respondeu o Rato de forma bastante cruzada: "É claro que você sabe o que 'isso' significa."

"Sei bem o que 'isso' significa, quando encontro uma coisa", disse o Pato: "geralmente é um sapo ou uma minhoca. A pergunta é: o que o arcebispo achou?"

O Rato não entendeu a pergunta, então, apressadamente, prosseguiu: "...desta vez é aconselhável ir com Edgar Atheling para encontrar William e oferecer-lhe a coroa. A conduta de William no início foi moderada. Mas a insolência de seus normandos...' Como você está indo agora, minha querida?", continuou, voltando-se para Alice enquanto falava.

"Molhada como nunca", disse Alice em tom melancólico: "parece que não estou me secando."

"Nesse caso", disse o Dodô solenemente, levantando-se, "proponho que a reunião seja encerrada, para a adoção imediata de medidas mais drásticas..."

"Fale português", disse o Papagaio. "Eu não sei o significado da metade dessas longas palavras e, além do mais, eu também não acredito que você saiba!" E o Papagaio curvou a cabeça para esconder um sorriso; algumas das outras aves riram de forma menos discreta que ela.

"O que eu ia dizer", disse o Dodô em tom ofensivo, "era que a melhor coisa para nos secar seria uma corrida de comitê."

"O que é uma corrida de comitê?", perguntou Alice; não que ela quisesse muito saber, mas o Dodô tinha parado como se achasse que alguém deveria falar, e ninguém mais parecia inclinado a dizer nada.

"Bem", disse o Dodô, "a melhor maneira de explicá-lo é fazê-lo". (E, caso você queira experimentar, em algum dia de inverno, eu lhe direi como o Dodô faz).

ALICE NO PAÍS DAS MARAVILHAS

Primeiro marcou uma pista de corrida, numa espécie de círculo ("a forma exata não importa", disse), e depois toda a festa foi colocada ao longo do percurso, aqui e ali. Não havia "Um, dois, três, e já", mas eles começavam a correr quando queriam, e paravam quando queriam, de modo que não foi fácil saber quando a corrida terminou. Entretanto, quando já estavam correndo há cerca de meia hora, e já estavam bem secos, o Dodô de repente gritou: "A corrida acabou!" e todos se aglomeraram em volta, perguntando ofegantes: "Mas quem ganhou?"

Esta pergunta o Dodô não podia responder sem pensar muito, e ficou sentado por um tempo com o dedo pressionado em sua testa (a posição em que normalmente se vê Shakespeare, nas imagens dele), enquanto o resto esperava em silêncio. Finalmente, o Dodô disse: "Todos ganharam, e todos devem receber prêmios"

"Mas quem vai dar os prêmios?", perguntou um coro de vozes.

"Ora, ela, é claro", disse o Dodô, apontando para Alice com um dedo e toda a festa ao seu redor, gritando de uma forma confusa: "Prêmios! Prêmios!"

Alice não tinha ideia do que fazer e, desesperada, colocou a mão no bolso e puxou uma caixa de confeitos (felizmente, a água salgada não tinha entrado nela), e as entregou como prêmios. Havia exatamente um para cada.

"Mas ela mesma deve ter um prêmio, você sabe", disse o Rato.

"Claro", respondeu o Dodô com muita seriedade. "O que mais você tem no bolso?", ele prosseguiu, voltando-se para Alice.

"Apenas um dedal", disse Alice com tristeza.

"Entregue-o aqui", disse o Dodô.

Então todos se aglomeraram em torno dela mais uma vez, enquanto o Dodô apresentava solenemente o dedal, dizendo: "Imploramos que aceite este elegante dedal"; e, quando terminou este breve discurso, todos aplaudiram.

Alice achou tudo isso muito absurdo, mas todos pareciam tão sérios que ela não ousou rir; e, como não conseguia pensar em nada para dizer, simplesmente se curvou e pegou o dedal, parecendo o mais solene que podia.

A próxima coisa era provar os confeitos: isto causou um certo alvoroço, já que as aves grandes reclamavam que não sentiam o gosto e as pequenas se engasgavam, necessitando levar tapinhas nas costas. No entanto, os confeitos finalmente acabaram e eles se sentaram novamente em um círculo e imploraram ao Rato que lhes dissesse algo mais.

"Você prometeu me contar sua história, lembra?", disse Alice, "e por que você odeia... G e C", acrescentou ela em um sussurro, meio com medo de que isso fosse ofendê-lo novamente.

"É uma longa e triste história", disse o Rato, voltando-se para Alice, e suspirando.

"É uma cauda longa, certamente", disse Alice, olhando para baixo admirando a cauda do Rato. "Mas por que você chama isso de triste?" E ela continuou intrigada com isso enquanto o Rato falava, de modo que sua ideia do conto era algo assim:

"A fúria disse a um rato, que ele conheceu em casa."

"Vamos para o tribunal, ambos Vou processá-lo! Venha, não aceito negação, será agora; deve haver um julgamento, não tenho para fazer mesmo."

ALICE NO PAÍS DAS MARAVILHAS

Disse o rato para o monstro: "Tal julgamento, caro senhor, com ou sem júri ou juiz, seria desperdício de nosso tempo."

"Eu vou ser o juiz, eu vou ser o júri", disse o esperto e furioso.

"Neste momento vou condenar você à morte."

"Você não está atenta!", disse o Rato para Alice com severidade. "No que você está pensando?"

"Peço perdão", disse Alice muito humildemente: "você tinha chegado à quinta curva, não é?"

"Não!", gritou o Rato, bruscamente e com muita raiva.

"Um nó!", disse Alice, sempre prestativa, olhando de forma ansiosa ao seu redor. "Oh, deixe-me ajudar a desfazê-lo!"

"Não, nada disso", disse o Rato, levantando-se e indo embora. "Você me insulta falando tanta asneira!"

"Eu não quis dizer isso", suplicou a pobre Alice. "Mas você se ofende tão fácil!"

A resposta do Rato foi um resmungo.

"Por favor, volte e termine sua história!", Alice falou em voz alta e os outros se uniram a ela: "Sim, por favor, volte!", mas o Rato só balançou a cabeça impacientemente, e andou um pouco mais rápido.

"Que pena ele ter ido embora", suspirou o Papagaio, assim que o rato sumiu de vista; quando uma velha Carangueja aproveitou a oportunidade para dizer a sua filha: "Ah, minha querida! Que isto seja uma lição para você, para nunca perder a calma!" De forma que

a jovem Carangueja respondeu, um tanto insolente; "Segure sua língua, mamãe! Até uma ostra perde a paciência contigo!"

"Quem me dera ter a Dinah aqui!", disse Alice em voz alta, não se dirigindo a ninguém em particular. "Ela logo o traria de volta!"

"E quem é Dinah, se me atrevo a perguntar?", disse o Papagaio.

Alice respondeu com entusiasmo, pois estava sempre pronta para falar sobre sua gatinha de estimação: "Dinah é nossa gata. E ela é muito boa em apanhar ratos! E oh, eu gostaria que você pudesse vê-la atrás dos pássaros! Ora, ela pode comer um passarinho assim que olhar para ele!"

A fala de Alice causou uma notável sensação de desconforto nos que estavam presentes. Alguns dos pássaros se apressaram; uma velha Matraca começou a se agasalhar com muito cuidado, comentando: "Eu realmente devo ir para casa; o sereno não me cai bem na garganta!" e um canário gritou em voz trêmula para seus filhos: "Vamos embora, meus queridos! Já é hora de vocês irem para a cama! Sob vários pretextos, todos se foram e Alice acabou ficando sozinha.

"Quem me dera não ter mencionado a Dinah", disse a si mesma em tom melancólico. "Ninguém parece gostar dela, aqui embaixo, e tenho certeza de que ela é a melhor gata do mundo! Oh, minha querida Dinah! Pergunto-me se alguma vez a verei novamente!" A pobre Alice começou a chorar novamente, pois se sentia muito solitária e de baixo astral. Em pouco tempo, começou a ouvir passos à distância e levantou os olhos ansiosamente, esperando que o Rato tivesse mudado de ideia e estivesse voltando para terminar sua história.

ra o Coelho Branco, caminhando lentamente de volta, olhando ansiosamente como se tivesse perdido algo; e ela ouviu-o murmurar: "A Duquesa! A Duquesa! Oh, minhas queridas patas! Ai, meu pelo e bigodes! Ela vai mandar me executarem, tão certo quanto furões são furões! Onde posso tê-los deixado cair, pergunto-me?" Alice adivinhou em um momento que deveria ser o leque e o par de luvas brancas e então começou a procurá-los, mas não encontrava... tudo parecia ter mudado desde que ela nadou na piscina, e o grande salão, com a mesa de vidro e a pequena porta, tinha desaparecido completamente.

Logo o Coelho notou Alice e gritou para ela enquanto a menina olhava ao seu redor: "Por que, Mary Ann, o que você está fazendo aqui fora? Corra para casa neste momento e traga-me um par de luvas e um leque, agora!" E Alice estava tão assustada que correu imediatamente na direção apontada, sem tentar explicar a confusão.

"Ele acha que sou sua empregada doméstica", disse ela para si mesma enquanto corria. "Que surpreso ele vai ficar quando descobrir quem eu sou! Mas é melhor eu levar seu leque e suas luvas...

isto é, se eu conseguir encontrá-los". Ao dizer isto, ela encontrou uma casinha arrumada, em cuja porta havia uma placa de latão brilhante com o nome "C. BRANCO" gravado. Ela entrou sem bater, e correu para cima, com muito medo de encontrar a verdadeira Mary Ann, e ser expulsa da casa antes de ter encontrado o leque e as luvas.

"Como é estranho", disse Alice a si mesma, "receber ordens de um coelho! Suponho que Dinah logo me dará ordens!" E então começou a imaginar o tipo de coisa que iria acontecer: "'Srta. Alice! venha aqui imediatamente, e prepare-se para sua caminhada!' 'Em um minuto, ama! Mas eu tenho que achar o buraco para o rato não sair, só que não consigo", continuou Alice, "não deixariam a Dinah ficar em casa se ela começasse a dar ordens às pessoas assim!"

A essa altura, Alice encontrou um pequeno quarto arrumado com uma mesa na janela, e sobre a mesa um leque e dois ou três pares de pequenas luvas brancas. Ela pegou o leque e um par de luvas, e quando estava se dirigindo para fora do quarto, avistou uma pequena garrafa que ficava perto do espelho. Desta vez não havia rótulo com as palavras "BEBA-ME", mas mesmo assim ela abriu e levou aos lábios pensando: "sei que algo interessante com certeza vai acontecer", disse ela para si mesma, "sempre que eu como ou bebo alguma coisa; então vou ver o que essa garrafa faz, espero que ela me faça crescer de novo, pois estou realmente cansada de ser uma coisinha tão pequena."

E então ela cresceu, e muito antes do esperado, antes de ter bebido metade da garrafa, ela percebeu sua cabeça contra o teto, e teve que se abaixar para evitar alguma torção no pescoço. Ela apressadamente parou de beber, dizendo para si mesma: "Já chega, espero não crescer mais... já não posso sair pela porta, gostaria de não ter bebido tanto."

LEWIS CARROLL

Que pena! Era tarde demais para desejar isso! Continuou crescendo, e crescendo, e logo teve que se ajoelhar no chão, em outro minuto não havia sequer espaço para isso, tentou se deitar com um cotovelo contra a porta, e o outro braço enrolado em volta da cabeça. Mesmo assim, continuou crescendo, colocando um braço fora da janela e um pé acima da chaminé, já que não havia outra opção, dizendo para si mesma: "Não tem mais o que fazer, aconteça o que acontecer. O que vai ser de mim?" Felizmente para Alice, a pequena garrafa mágica tinha agora seu efeito pleno e a menina parou de crescer, ainda assim era muito desconfortável, e, como não parecia haver nenhum tipo de chance de sair do quarto, não admirava que se sentisse infeliz.

"Era muito mais agradável em casa", pensou a pobre Alice, "onde nem sempre se estava crescendo, e recebendo ordens de ratos e coelhos. Chego quase a desejar não ter descido por aquela toca de coelho... no entanto... é bastante curioso, sabe, este tipo de vida! Eu me pergunto o que pode ter acontecido comigo! Quando eu costumava ler contos de fadas, eu imaginava que esse tipo de coisa não acontecia, e agora aqui estou eu no meio de um! Deveria haver um livro escrito sobre mim! Quando crescer, escreverei um, mas agora eu já cresci", acrescentou num tom triste; "pelo menos não há mais espaço para isso aqui."

"Mas então", pensou Alice, "será que não irei envelhecer mais? Isso será um conforto, de certa forma... nunca serei uma mulher velha... no entanto... sempre terei lição de casa! Oh, eu não iria gostar disso!"

"Oh, sua tola!", ela mesma respondeu. "Como você irá fazer as lições aqui dentro? Ora, não há espaço, e não há espaço para nenhum dos livros!"

E assim ela continuou conversando bastante consigo mesma; mas depois de alguns minutos, escutou uma voz lá fora e parou para ouvir.

ALICE NO PAÍS DAS MARAVILHAS

"Mary Ann! Mary Ann!", disse a voz. "Traga minhas luvas neste momento!" Depois ouviu passos pelas escadas. Alice sabia que era o Coelho vindo procurá-la, e tremeu até sacudir a casa, esquecendo que agora era cerca de mil vezes maior do que o Coelho, e não tinha motivos para temê-lo.

Logo o Coelho chegou à porta e tentou abri-la, mas, como abria para dentro e o cotovelo de Alice estava comprimido contra ela, nada adiantou. Então Alice o ouviu murmurar: "Então darei a volta para entrar pela janela."

"Não vai!", pensou Alice. Depois de um tempo, pensou estar ouvindo o Coelho na janela. De repente, ela estendeu sua mão e tentou agarrar algo no ar. Ela não conseguiu nada, mas ouviu um pequeno grito e uma queda, e em seguida um som de vidro quebrado, do qual concluiu que possivelmente ele caíra sobre a estufa de pepinos ou algo do gênero.

Logo ouviu uma voz furiosa, a do Coelho: "Pat! Pat! Onde você está?" E depois uma voz que ela nunca tinha ouvido antes: "Estou aqui! Cuidando das maçãs, Vossa Excelência!"

"Cuidando das maçãs, de fato", disse o Coelho com raiva. "Aqui! Venha e me ajude a sair!" (Sons de mais vidro se quebrando).

"Agora me diga, Pat, o que é isso na janela?"

"É um braço com toda certeza, Vossa Excelência!", pronunciou resmungando.

"Um braço, seu pateta. Quem já viu um desse tamanho? Ora, ocupa a janela inteira!"

"Claro que sim, Vossa Excelência: mas ainda é um braço."

"Bem, de qualquer forma não tenho nada a ver com isso, vá e leve-o embora!"

Houve um longo silêncio depois disso, e Alice só conseguia ouvir sussurros esporádicos; tais como: "Claro, eu não gosto disso, Vossa Senhoria, de jeito nenhum, de jeito nenhum!" "Faça o que lhe digo, seu covarde!" e finalmente ela estendeu a mão novamente, e fez mais um movimento no ar. Desta vez houve dois gritinhos, e mais sons de vidro quebrando. "Quantas estufas de pepino!" Pensou Alice. "O que será que eles vão fazer agora? Quanto a me puxar pela janela, quem dera! Tenho certeza de que não quero mais ficar aqui!"

Ela esperou por algum tempo, sem ouvir mais nada, quando finalmente veio um estrondo de pequenas rodas de carroça, e o som de muitas vozes falando todas juntas: "Onde está a outra escada? Eu tinha que trazer apenas uma, Bill tem a outra, pegue-a aqui, rapaz! Aqui, coloque-as nesta esquina. Não, amarre-as primeiro... elas ainda não atingem a metade da altura... Oh! Vai dar tudo certo, não seja tão meticuloso! Aqui, Bill! Pegue esta corda, será que o telhado aguenta? Cuidado com aquela telha solta! Oh, lá vem ela! Abaixem-se! (Ocorre então um estrondo alto de algo caindo) "Ora, quem fez isso? Foi Bill, eu imagino... quem vai descer pela chaminé? Eu não vou! Você faz isso! Que eu não vou! O Bill irá descer... aqui, Bill! o mestre diz que você deve descer pela chaminé!"

"Oh! Então Bill tem que descer pela chaminé, não é mesmo?", disse Alice para si mesma. "Que vergonha, eles parecem colocar tudo sobre Bill! Eu não gostaria de estar no lugar de Bill: esta chaminé é estreita, com certeza; mas acho que consigo chutar um pouco!"

Ela puxou o pé o mais longe possível da chaminé e esperou até ouvir um pequeno animal (ela não podia adivinhar de que tipo era)

ALICE NO PAÍS DAS MARAVILHAS

coçando e mexendo na chaminé perto dela, então dizendo para si mesma "é o Bill", ela deu um pontapé bem forte e esperou para ver o que aconteceria em seguida.

A primeira coisa que ela ouviu foi um coro geral de "Lá vai Bill", depois a voz do Coelho: "Segure-o! Você, perto da cerca!", depois veio um silêncio, e depois outra confusão de vozes. "Segure a cabeça dele... não o sufoque... como foi, velho amigo? O que aconteceu com você? Conte-nos tudo!"

Ouviu uma voz estridente ("Esse é Bill", pensou Alice): "Bem, eu não sei... chega, obrigado; estou melhor agora... mas estou muito nervoso para dizer... tudo o que sei é que algo bateu mim como um boneco que salta de uma caixa surpresa e voei, como um foguete no céu!"

"Voou mesmo, velho amigo!", disseram os outros.

"Devemos incendiar a casa", disse a voz do Coelho; e Alice gritou o mais alto que pôde: "Se você fizer isso, eu vou colocar Dinah atrás de você!"

Houve um silêncio profundo instantaneamente, e Alice pensou: "Eu me pergunto o que farão agora! Se tivessem algum senso, tirariam o telhado". Após um ou dois minutos, eles começaram a se mover novamente, e Alice ouviu o Coelho dizer: "Um carrinho de mão cheio servirá".

Alice pensou: "Um carrinho de mão de quê?"; mas ela não teve muito tempo para pensar, pois no momento seguinte uma chuva de pedrinhas veio pela janela, e algumas delas a atingiram na cara. "Vou pôr um fim nisso", disse ela para si mesma, e gritou: "É melhor não fazer isso de novo!", gerando outro silêncio.

Alice notou montes de pedrinhas no chão se transformando em bolinhos, quando uma ideia brilhante lhe veio à cabeça. "Se eu comer um desses bolinhos", ela pensou, "com certeza fará alguma mudança no meu tamanho; e como não pode me fazer maior, deve me fazer menor, suponho."

Então ela engoliu um dos bolos, e ficou encantada ao descobrir que começou a encolher imediatamente. Assim que ficou pequena o suficiente para passar pela porta, ela correu para fora da casa e encontrou uma grande multidão de pequenos animais e pássaros esperando do lado de fora. O pobre pequeno lagarto, Bill, estava no meio, sendo retido por dois porquinhos-da-índia, que estavam lhe dando algo em uma garrafa. Todos correram em direção a Alice, mas ela fugiu o mais depressa que pôde, e logo se viu segura em um bosque denso.

"A primeira coisa que tenho que fazer", disse Alice para si mesma, enquanto vagueava no bosque, "é crescer novamente até o meu

tamanho correto; e a segunda coisa é encontrar o caminho para aquele lindo jardim. Acho que esse será o melhor plano."

Parecia um excelente plano, sem dúvida, robusto e simples; a única dificuldade era que ela não tinha a menor ideia de como começar; e enquanto ela espreitava ansiosamente entre as árvores, um latido agudo sobre sua cabeça a fez olhar para cima rapidamente.

Um cachorro enorme estava olhando para ela com grandes olhos redondos, e esticando uma pata, tentando tocá-la. "Pobrezinho", disse Alice carinhosamente, esforçando-se muito para assobiar; mas estava assustada com o pensamento de que ele poderia estar com fome, e nesse caso seria muito provável que ele fosse devorá-la, apesar de todos os afagos.

Sem saber o que fazer ao certo, Alice pegou um graveto e o segurou, então o cachorro saltou, tirando todas as patas do chão de uma só vez, com um grito de prazer, e correu em direção ao graveto como se o temesse; Alice escondeu-se atrás de uma moita, para evitar ser vista; assim que apareceu do outro lado, o cachorro correu em direção ao graveto novamente, e caiu em uma cambalhota em sua pressa para pegá-lo. Então, Alice, pensando que era muito parecido como brincar com um cavalinho e uma carroça, esperando ser pisoteada pelo cachorro, correu em volta da moita novamente; então o cachorro começou a dar voltas atrás do graveto, correndo para frente e para trás, e ladrando rouco o tempo todo, até que finalmente se sentou, ofegante, com sua língua pendurada, e seus grandes olhos entreabertos.

Pareceu a Alice uma boa oportunidade para fugir; então ela partiu imediatamente, e correu até ficar cansada e sem fôlego, até ver a silhueta do cachorro bem pequena.

LEWIS CARROLL

"E, no entanto, que cachorrinho querido era aquele!", disse Alice, enquanto se apoiava em um botão de rosa para descansar e recuperar o fôlego, se abanando com uma das folhas: "Eu gostaria muito de ter ensinado truques ao cachorro, se... eu tivesse o tamanho certo para fazer isso! Oh meu Deus! Eu quase tinha esquecido que tenho que crescer de novo! Deixe-me ver, como é que farei isso? Suponho que deveria comer ou beber algo ou coisa do tipo; mas a grande pergunta é: 'O quê?'"

A grande questão certamente era: "o quê?". Alice olhou à sua volta para as flores e a grama, mas ela não viu nada que parecesse ser a coisa certa para comer ou beber. Havia um grande cogumelo crescendo perto dela, mais ou menos da sua altura, quando então olhou debaixo dele, e de ambos os lados, e por trás dele, ocorreu-lhe que ela poderia também olhar e ver o que estava em cima dele.

Ela se esticou na ponta dos pés e espreitou pela borda do cogumelo, e seus olhos encontraram imediatamente os de uma grande lagarta azul, que estava sentada em cima com seus braços cruzados, fumando calmamente um narguilé, ignorando-a e a qualquer coisa ao seu redor.

CAPÍTULO 5

CONSELHOS DE UMA LAGARTA

A lagarta e Alice se olharam durante algum tempo, em silêncio. Finalmente, a Lagarta tirou o narguilé de sua boca e se dirigiu à menina com uma voz leve e sonolenta.

"Quem é você?", disse a Lagarta.

Esta não foi uma abertura encorajadora para uma conversa. Alice respondeu, um pouco tímida: "Não sei ao certo, senhora, apenas no momento... pelo menos sei quem eu era quando me levantei esta manhã, mas acho que devo ter mudado várias vezes desde então."

"O que você quer dizer com isso?", disse a Lagarta com firmeza. "Explique-se!"

"Não consigo me explicar, senhora", disse Alice, "porque não sou eu mesma, sabe..."

"Não entendo", disse a Lagarta.

"Receio não poder ser mais clara que isso", respondeu Alice muito educadamente, "pois eu mesma não consigo entender; e ser de tantos tamanhos diferentes em um dia é muito confuso."

"Não é", disse a Lagarta.

"Bem, talvez ainda não saiba", disse Alice; "mas quando você tiver que se transformar em uma crisálida… um dia, você saberá… e depois, em uma borboleta, acredito que você se sentirá um pouco estranha, não é mesmo?"

"Nem um pouco", disse a Lagarta.

"Bem, talvez seus sentimentos possam ser diferentes", disse Alice; "tudo o que sei é que para mim isso seria muito estranho."

"Você!", disse a Lagarta desdenhosamente. "Quem é você?"

O que as trouxe de volta ao início da conversa. Alice sentiu-se um pouco irritada com os comentários tão curtos da Lagarta, então ela se levantou e disse, muito gravemente: "Acho que você deveria me dizer quem você é, primeiro."

"Por quê?", disse a Lagarta.

Aqui estava outra pergunta intrigante; e como Alice não conseguia pensar em nenhuma boa razão e a Lagarta parecia estar em um estado de espírito muito desagradável, ela se afastou.

"Volte!", a Lagarta chamou. "Eu tenho algo importante a dizer!"

Isto soou promissor, certamente. Alice virou-se e voltou.

"Mantenha-se calma", disse a Lagarta.

"Isso é tudo?", disse Alice, engolindo sua raiva da melhor maneira possível.

"Não", disse a Lagarta.

Alice pensou que valia a pena esperar, pois não tinha mais nada a fazer, e talvez, afinal de contas, ela pudesse lhe dizer algo que valesse a pena ouvir. Por alguns minutos a lagarta soprou a fumaça sem falar, mas finalmente descruzou os braços, tirou o narguilé da boca novamente e disse: "Então você acha que mudou, não é mesmo?"

"Receio que sim", disse Alice; "Não consigo lembrar-me das coisas como antes... e não mantenho o mesmo tamanho nem por dez minutos!"

"Não consegue se lembrar de que coisas?", disse a Lagarta.

"Bem, eu tentei recitar 'Como a pequena abelha estava ocupada', mas tudo parecia diferente!", Alice respondeu com uma voz muito melancólica.

"Recite: 'Você é velho, Pai William'", disse a Lagarta.

Alice cruzou as mãos, e começou:

"Você é velho, Pai William", disse o jovem,

"e seu cabelo ficou muito branco, no entanto,

você está incessantemente de cabeça erguida...

Você acha que, com sua idade, isso está certo?"

"Na minha juventude", respondeu o Pai William a seu filho,

ALICE NO PAÍS DAS MARAVILHAS

"temia perder a cabeça;

Mas, agora tenho certeza absoluta de que não tenho nenhuma,

porque eu faço isso de novo e de novo."

"Você é velho", disse o jovem, "como mencionei antes,

e tem engordado muito pouco;

No entanto, você entrou pela porta dando uma cambalhota...

Ora, como você conseguiu?"

"Na minha juventude", disse o sábio, "enquanto abanava suas fechaduras cinzentas,

LEWIS CARROLL

eu mantive todos os meus membros muito maleáveis

com o uso desse unguento, é barato...

Permita-me vender-lhe um caixa?"

"Você é velho", disse o jovem, "e suas mandíbulas são muito fracas.

para qualquer coisa mais dura do que um sebo;

No entanto, você comeu todo o ganso, com os ossos e o bico...

Ora, como conseguiu?"

"Na minha juventude", disse o pai, "eu me dedicava às leis,

e defendia cada caso com minha esposa;

E a força que ganhei durou o resto da vida!"

"Você é velho", disse o jovem, "difícil acreditar"

que tem a vista tão forte como nunca.

Equilibrou uma enguia na ponta do nariz.

O que o tornou tão esperto?"

"Respondi a três perguntas, e isso é suficiente", disse o velho.

"Não pense que me agrada!

ALICE NO PAÍS DAS MARAVILHAS

Você acha que eu posso ouvir essas bobagens o dia todo?

Saia ou levará um pontapé escada abaixo!"

"Não foi dito corretamente", disse a Lagarta.

"Receio que não esteja atenta", disse Alice, timidamente; "algumas das palavras foram alteradas."

"Está errado do começo ao fim", disse a Lagarta decididamente.

Então fizeram silêncio por alguns minutos.

A Lagarta foi a primeira a falar.

"De que tamanho você quer ser?", perguntou ela.

"Oh, eu não sou exigente quanto ao tamanho", respondeu Alice apressadamente; apenas um que não mude com tanta frequência, sabe."

"Eu não sei", disse a Lagarta.

Alice não disse nada, nunca havia sido tão contrariada em sua vida, e sentia que estava perdendo a calma.

"Você está satisfeita agora?", disse a Lagarta.

"Bem, eu gostaria de ser um pouco maior, senhora, se você não se importa", disse Alice: "oito centímetros é uma altura tão miserável."

"É realmente uma altura muito boa", disse a Lagarta, com raiva, erguendo-se de pé enquanto falava (tinha exatamente oito centímetros de altura).

LEWIS CARROLL

"Mas eu não estou acostumada", suplicou a pobre Alice num tom desolado. E ela pensou consigo mesma: "Gostaria que as criaturas não se ofendessem tão facilmente!"

"Irá se acostumar com o tempo", disse a Lagarta, e logo colocou o narguilé em sua boca, começando a fumar novamente.

Desta vez, Alice esperou pacientemente até a Lagarta falar novamente. Em um ou dois minutos, a Lagarta tirou o narguilé da boca e bocejou uma ou duas vezes, e se abanou. Então ela desceu do cogumelo, e rastejou pela grama, falando enquanto se afastava: "Um lado fará você crescer, e o outro lado fará você diminuir."

"Um lado de quê? O outro lado de quê?", pensou Alice para si mesma.

"Do cogumelo", disse a Lagarta, como se a menina tivesse dito em voz alta; mais um instante e a Lagarta sumiu.

Alice permaneceu olhando o cogumelo, pensativa, por alguns instantes, tentando entender quais eram os dois lados. Notou como era perfeitamente redondo, achando esta uma questão muito difícil. No entanto, finalmente ela esticou os braços em torno do cogumelo até se encontrarem, e quebrou um pouco da borda com cada mão.

"E agora qual é qual?", disse para si mesma, e mordiscou um pouco a mão direita para tentar o efeito: no momento seguinte ela sentiu um golpe violento debaixo do queixo, o qual bateu em seu pé!

Ela estava muito assustada com esta mudança muito repentina, mas sentiu que não havia tempo a perder, pois estava encolhendo rapidamente, então começou a mastigar para comer um pouco da outra parte. Seu queixo foi tão pressionado contra o pé, que mal

havia espaço para abrir a boca; mas ela finalmente o fez, e conseguiu engolir um pedaço que estava na mão esquerda.

"Viva! Minha cabeça está finalmente livre", disse Alice num tom de alegria, que se transformou em susto no momento seguinte, quando descobriu que seus ombros não estavam em nenhum lugar, tudo o que ela podia ver, quando olhou para baixo, era um pescoço imenso, que parecia brotar como um talo em um mar de folhas verdes que se encontrava muito abaixo dela.

"O que pode ser toda essa coisa verde?", perguntou Alice. "E onde meus ombros foram parar? E oh, minhas pobres mãos, como não posso vê-las?" As mãos estavam se movendo enquanto falava, mas nada parecia acontecer, exceto um pequeno tremor entre as folhas verdes distantes.

Como parecia não haver nenhuma chance de chegar com as mãos na cabeça, ela tentou baixar a cabeça até elas, e ficou encantada ao descobrir que seu pescoço se dobrava facilmente em qualquer direção, como uma serpente, tinha acabado de conseguir curvá-lo em um gracioso zigue-zague. Mergulhando entre as folhas, ela descobriu não serem nada além das copas das árvores sob as quais ela vagueava, quando um assobio agudo a fez recuar com pressa: uma pomba grande tinha voado em seu rosto, e estava batendo violentamente com suas asas.

"Serpente!", gritou a Pomba.

"Eu não sou uma serpente", disse Alice indignada. "Deixe-me em paz!"

"Serpente!", repetiu a Pomba, mas num tom mais moderado, e acrescentou com uma espécie de soluço: "Eu tentei de todas as maneiras, e nada parece satisfazê-las!"

"Não tenho a menor ideia do que você está falando", disse Alice.

"Eu tentei as raízes das árvores, e tentei ribanceiras e cercas vivas", continuou a Pomba, sem cuidar dela; "mas aquelas serpentes! Não há como agradá-las!"

Alice estava cada vez mais confusa, mas ela achava que não adiantava dizer mais nada até que a Pomba tivesse terminado.

"Como se não fosse trabalhoso o suficiente chocar os ovos", disse a Pomba; "devo estar atenta às serpentes noite e dia, ainda por cima! Ora, eu não dormi nada nestas três semanas!"

"Lamento muito que você tenha se irritado", disse Alice, que estava começando a entender o que ela dizia.

"Justo quando escolho a árvore mais alta da floresta", continuou a Pomba, levantando sua voz para um grito, "eu estava pensando que finalmente fiquei livre delas, e elas caem do céu! Ugh, Serpente!"

"Mas eu não sou uma serpente", disse Alice. "Eu sou uma... sou uma..."

"Bem! O que é você?", disse a Pomba. "Eu posso ver que você está tentando inventar algo!"

"Sou uma menininha", disse Alice, duvidosamente, pois ela se lembrou do número de mudanças pelas quais passou naquele dia.

"Está fazendo sentido", disse a Pomba num tom mais profundo de desprezo. "Já vi muitas garotinhas na minha vida, mas nunca uma com um pescoço como esse! Não, não! Você é uma serpente; e não adianta negar isso. Suponho que a seguir você estará me dizendo que nunca provou um ovo!"

"Eu provei ovos, certamente", disse Alice, que era uma criança muito verdadeira; "mas as meninas pequenas comem ovos tanto quanto as serpentes."

"Não acredito", disse a Pomba; "mas se comem ovos, então, são uma espécie de serpente, isso é tudo o que posso dizer."

Esta era uma ideia tão nova para Alice, que ela ficou em silêncio por um minuto ou dois, o que deu a Pomba a oportunidade de acrescentar: "Você está procurando ovos, eu sei disso muito bem; e o que me importa se você é uma menina ou uma serpente?"

"É muito importante para mim", disse Alice apressadamente; "mas não estou procurando ovos, e se eu estivesse, não iria querer o seu: Eu não gosto deles crus."

"Pois bem, então, vá embora", disse a Pomba em tom amuado, enquanto se acomodava novamente em seu ninho. Alice se agachou entre as árvores o melhor que pôde, afinal seu pescoço continuava se enroscando entre os galhos, tendo que dar uma pausa para desenroscá-lo. Depois de um tempo se lembrou que ainda segurava os pedaços de cogumelo em suas mãos e começou a comer com muito cuidado, mordiscando primeiro um e depois o outro, e crescendo umas vezes, e diminuindo outras, até conseguir chegar à sua altura habitual.

Fazia tanto tempo que ela não se aproximava do tamanho certo, isso parecia bastante estranho, mas logo se acostumou e começou a falar sozinha, como de costume. "Bom, já tenho metade do meu plano feito! Como são intrigantes todas estas mudanças! Eu nunca tenho certeza do que vou ser, de um minuto para o outro! No entanto, voltei ao meu tamanho certo: o próximo passo é, para entrar naquele lindo jardim, como será que isso será feito?" Ao dizer isto, ela encontrou de repente um lugar aberto, com uma casinha com

cerca de um metro e meio de altura. "Quem quer que viva lá", pensou Alice, "não seria apropriado eu entrar com este tamanho, talvez o assuste!". Então ela começou a mordiscar novamente e não se aventurou a aproximar-se da casa até que tivesse a uma altura de nove centímetros.

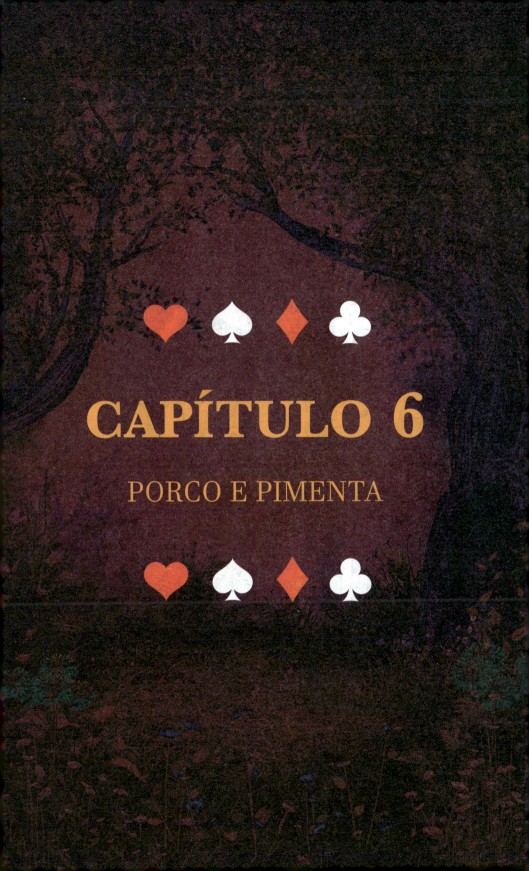

"Por um ou dois minutos, Alice ficou olhando para a casa, e se perguntando o que fazer a seguir, quando, de repente, um lacaio vestido de libré veio correndo do bosque (ela o considerava um lacaio por estava vestido de libré, caso contrário, a julgar apenas pelo seu rosto, ela o teria chamado de peixe) e bateu na porta com os nós dos dedos. Foi atendida por outro criado usando libré, com um rosto redondo e olhos grandes como um sapo; e ambos os criados de libré, Alice notou, tinham cabelos encaracolados e empoados. Alice estava muito curiosa para saber do que se tratava, e discretamente foi em direção ao bosque para ouvir.

O Lacaio-Peixe tirou de baixo de seu braço uma grande carta, quase tão grande quanto ele, e a entregou ao outro lacaio, dizendo, em tom solene: "Para a Duquesa". A convite da Rainha para jogar críquete, o Sapo-Lacaio repetiu, no mesmo tom solene, apenas mudando um pouco a ordem das palavras: "Da Rainha. Um convite para a Duquesa jogar críquete."

Então ambos se curvam, e seus cachos se entrelaçam.

Alice caiu em gargalhada e saiu correndo de volta para a floresta por medo de que eles a ouvissem e, quando voltou para espiar novamente, um dos Lacaios tinha se retirado e o outro estava sentado no chão perto da porta, olhando estupidamente para o céu.

Alice foi timidamente até a porta, e bateu.

"Não adianta bater à porta", disse o criado de libré, "e isso por duas razões. Primeiro, porque estou do mesmo lado da porta que você; segundo, porque eles estão fazendo tanto barulho lá dentro, que ninguém poderia ouvi-la". E certamente havia um ruído extraordinário acontecendo lá dentro, uivos e espirros constantes, e de vez em quando um grande estrondo, como se um prato ou uma chaleira tivesse sido quebrada em pedaços.

"Então, por favor", disse Alice, "como eu vou entrar?"

"Poderia haver algum sentido em sua batida", o criado de libré continuou sem atendê-la, "se tivesse uma porta entre nós". Por exemplo, se você estivesse dentro, poderia bater, e eu poderia deixá-lo sair". Ele estava olhando para o céu enquanto falava, o que parecia a Alice muito descortês. "Mas talvez ele não possa evitar", disse ela para si mesma; "seus olhos estão muito próximos do topo de sua cabeça". Mas, de qualquer forma, ele poderia responder a perguntas: "Como posso entrar?" Ela repetiu, em voz alta.

"Vou sentar-me aqui", disse o criado de libré, "até amanhã..."

Neste momento, a porta da casa se abriu, e uma grande placa saiu voando, diretamente na cabeça do criado de libré, raspando em seu nariz, e logo se partiu em pedaços contra uma das árvores atrás dele.

"... ou no dia seguinte, talvez", continuou o lacaio no mesmo tom, exatamente como se nada tivesse acontecido.

"Como posso entrar?", perguntou Alice novamente, em tom mais alto.

"Você deve entrar, afinal?", disse o criado de libré. "Essa é a primeira pergunta".

Era, sem dúvida: porém, Alice não gostou. "É realmente terrível", ela murmurou para si mesma, "a maneira como todas as criaturas discutem". É o suficiente para enlouquecer qualquer um!"

O criado de libré parecia pensar que era uma boa oportunidade para repetir sua observação, com variações. "Vou sentar-me aqui", disse ele, "dentro e fora, durante dias e dias."

"Mas o que devo fazer?", perguntou Alice.

"Qualquer coisa que você goste", disse o criado de libré, e começou a assobiar.

"Oh, não adianta falar com ele", disse Alice desesperadamente: "ele é perfeitamente idiota!" Então, abriu a porta e entrou.

A porta levava direto para uma grande cozinha, que estava cheia de fumaça de uma ponta à outra: a duquesa estava sentada em um banco de três pernas no meio do cômodo, amamentando um bebê; a cozinheira estava inclinada sobre o fogo, agitando um grande caldeirão que parecia estar cheio de sopa.

"Com certeza há muita pimenta nessa sopa!", Alice disse para si mesma, julgando pelos seus espirros.

Certamente havia muito disso no ar. Até mesmo a Duquesa espirrava ocasionalmente; e quanto ao bebê, ele espirrava e uivava alternadamente sem um momento de pausa. As únicas criaturas na cozinha que não espirravam era a cozinheira e um grande gato que estava sentado na lareira e sorrindo de orelha a orelha.

"Por favor, você poderia me dizer", disse Alice um tanto tímida, pois ela não estava bem certa se era de boa educação falar, "por que seu gato sorri assim?"

"É um gato de *Cheshire*", disse a Duquesa, "é por isso. Porco!"

Ela disse a última palavra com uma violência tão repentina que Alice pulou, mas logo percebeu que as palavras eram para o bebê, e não para ela, então tomou coragem, e prosseguiu novamente:

"Eu não sabia que os gatos de *Cheshire* sempre sorriam; na verdade, eu não sabia que os gatos podiam sorrir."

"Todos podem", disse a Duquesa; "e a maioria deles o fazem."

"Não sabia nada disso", disse Alice muito educadamente, sentindo-se bastante satisfeita por ter entrado em uma conversa.

"Você não sabe muito", disse a Duquesa; "e isso é um fato."

Alice não gostou nada do tom dessa observação, e achou que seria melhor introduzir algum outro assunto na conversa. Enquanto ela pensava, a cozinheira tirou o caldeirão de sopa do fogo, e imediatamente se pôs a atirar tudo ao seu alcance em direção à Duquesa e o bebê, os atiçadores de fogo vieram primeiro; depois, seguiu-se uma chuva de panelas, pratos e travessas. A Duquesa não se deu conta mesmo após os atingirem. O bebê já berrava tanto que era impossível dizer se os golpes o machucavam ou não.

ALICE NO PAÍS DAS MARAVILHAS

"Oh, por favor, cuidado com o que você está fazendo!", gritou Alice, pulando para cima e para baixo em uma agonia de terror. "Oh, lá se vai o pequenino e precioso nariz!". Uma panela enorme voou perto dela, e quase a carregou.

"Se todos cuidassem de sua própria vida", disse a Duquesa em um rugido rouco, "o mundo giraria mais rápido."

"O que não seria uma vantagem", disse Alice, que se sentiu muito feliz em ter uma oportunidade de mostrar um pouco de seus conhecimentos. "Pense só no que se faria com o dia e a noite! Você vê que a terra leva vinte e quatro horas para girar em torno do seu eixo..."

"Por falar em eixos", disse a Duquesa, "corte-lhe a cabeça!"

Alice olhou ansiosamente para a cozinheira, para ver se ela iria aceitar a dica; mas a cozinheira estava misturando a sopa, e parecia não estar ouvindo, então ela continuou novamente: "Vinte e quatro horas, eu acho; ou são doze? Eu..."

"Oh, não me incomode", disse a Duquesa; "Eu nunca tolerei números!" E com isso ela começou a amamentar seu filho novamente, cantando uma espécie de canção de ninar enquanto o fazia, e dando-lhe uma chacoalhada violenta no final de cada linha:

Fale grosso com seu filhinho,

E espanque-o quando ele espirrar:

Ele só faz isso para irritar,

Porque ele sabe provocar.

LEWIS CARROLL

CORO

(a cozinheira e o bebê se juntaram):

Uau! uau! uau! uau!

Enquanto a Duquesa cantava o segundo verso da canção, continuava a jogar o bebê violentamente para cima e para baixo, e o pobre coitado berrava de tal forma que Alice mal conseguia ouvir a letra:

Eu falo com meu filho severamente,

Eu bato nele quando ele espirra;

Pois ele pode desfrutar completamente

Da pimenta quando ele não fizer birra!

CORO

Uau! Uau! Uau! Uau!

"Aqui! Você pode niná-la um pouco, se quiser", disse a Duquesa para Alice, atirando o bebê para ela enquanto falava. "Tenho que ir me preparar para jogar críquete com a Rainha", e então saiu correndo da sala. A cozinheira atirou uma frigideira em sua direção enquanto saía, mas ela simplesmente não a viu.

Alice pegou o bebê com dificuldade, pois era uma criaturinha esquisita, com braços e pernas esticados em todas as direções, "como uma estrela-do-mar", pensou Alice. A pobre coitadinha

ALICE NO PAÍS DAS MARAVILHAS

estava roncando como um motor a vapor quando a pegou, e continuou se dobrando e se endireitando novamente, de modo que, ao todo, durante uns minutos, o máximo que poderia ter feito era segurá-lo.

Tão logo ela se deu conta da maneira correta de cuidar dele (que era torcê-lo numa espécie de nó, e depois manter apertado o ouvido direito e o pé esquerdo, para evitar que se desfizesse), ela o levou para o ar livre. "Se eu não levar esta criança comigo", pensou Alice, "eles certamente a matarão em um dia ou dois: não seria um assassinato deixá-la para trás?". Dizendo as últimas palavras em voz alta, a pequena coisa grunhiu em resposta (já tinha deixado de espirrar por esta altura). "Nada de grunhir", disse Alice; "essa não é de modo algum uma maneira adequada de se expressar."

O bebê grunhiu novamente, e Alice olhou muito ansiosamente em seu rosto para ver o que estava acontecendo com ele. Não havia dúvida de que seu nariz era muito arrebitado, muito mais parecido com um focinho do que um nariz de verdade; também seus olhos estavam ficando extremamente pequenos para um bebê, Alice não gostava nada do visual da criatura. "Mas talvez estivesse apenas soluçando", pensou ela, e olhou nos olhos dele novamente, para ver se havia alguma lágrima.

Não, não havia lágrimas. "Se você vai se transformar em um porco, meu querido", disse Alice, falando sério, "eu não terei mais nada a ver com você. Agora preste atenção!" O pobre coitadinho soluçou novamente (ou grunhiu, era impossível dizer qual), e eles continuaram por algum tempo em silêncio.

Alice estava apenas começando a pensar consigo mesma: "Agora, o que devo fazer com esta criatura quando a levar para casa?" Quando ela grunhiu novamente, tão violentamente, Alice olhou para seu rosto um tanto alarmada. Desta vez não podia haver engano, era nada mais nada menos que um porco, e ela sentiu que seria bastante absurdo levá-lo adiante.

Assim, Alice colocou o bebê no chão, sentindo-se bastante aliviada ao vê-lo andar calmamente para o bosque. "Se ele tivesse crescido", disse a si mesma, "teria sido uma criança horrivelmente feia: mas, como porco, é bem bonitinho, eu acho". E ela começou a pensar em outras crianças que conhecia, que poderiam se sair muito bem como porcos, e estava apenas dizendo a si mesma, "se alguém soubesse a maneira certa de mudá-las..." quando se assustou ao ver o Gato de *Cheshire* sentado em um ramo de árvore a poucos metros de distância, sorrindo.

O Gato sorriu quando viu Alice. "Parece bem natural", ela pensou; mas tinha garras muito longas e muitos dentes, então ela sentiu que deveria tratá-lo com respeito.

"Gatinho de *Cheshire*", indagou um tanto tímida por não saber se a forma como o chamou foi agradável; no entanto, o gato apenas abriu mais o sorriso. "Bom, ele parece estar satisfeito", Alice pensou e continuou: "Você poderia me dizer, por favor, o caminho para eu ir embora daqui?"

"Isso depende muito de onde você quer chegar", disse o Gato.

"Não me importa muito onde..." disse Alice.

"Então não importa para que lado você vai", disse o Gato.

"Contanto que eu chegue a algum lugar", acrescentou Alice como uma explicação.

"Oh, com certeza você vai chegar", disse o Gato, "se andar o suficiente."

Alice sentiu que não poderia discordar, tentando então outra pergunta. "Que tipo de pessoa vive aqui?"

"Nessa direção", disse o Gato, apontando sua pata direita, "vive o Chapeleiro Maluco: e nessa direção", apontando a outra pata, "vive a Lebre Maluca. Visite qualquer um deles, ambos são doidos."

"Mas eu não quero me misturar com os loucos", comentou Alice.

"Oh, você não pode evitar isso", disse o Gato: "estamos todos loucos aqui. Eu estou louco, você está louca."

"Como você sabe que estou louca?", perguntou Alice.

"Você deve estar", disse o Gato, "ou você não teria vindo aqui."

Alice achava que isso não provava nada; entretanto, ela continuou: "E como você sabe que está louco?"

"Para começar", disse o Gato, "um cão não é louco. Certo?"

"Suponho que sim", disse Alice.

"Bem, então", prosseguiu o Gato, "veja, um cão rosna quando está com raiva, e abana sua cauda quando está satisfeito. Agora eu rosno quando estou satisfeito, e abano minha cauda quando estou com raiva. Portanto, estou furioso."

"Eu chamo de ronronar, não de rosnar", disse Alice.

"Chame do que quiser", disse o Gato. "Irá jogar críquete com a Rainha hoje?"

"Eu gostaria muito", disse Alice, "mas eu não fui convidada."

ALICE NO PAÍS DAS MARAVILHAS

"Nos vemos lá", disse o Gato, e desapareceu.

Alice não ficou muito surpresa, estava se acostumando com coisas estranhas acontecendo. Enquanto ela olhava fixamente para a direção em que o gato estava, ele apareceu subitamente no mesmo lugar.

"A propósito, e o bebê?", disse o Gato. "Quase me esqueço de perguntar."

"Ele se transformou em um porco", disse Alice calmamente, como se o gato estivesse ali de forma bem natural.

"Imaginei", disse o Gato, e logo desapareceu novamente.

Alice esperou um pouco, mas ele não reapareceu, e depois de um ou dois minutos ela caminhou em direção à casa da Lebre Maluca. "Já vi chapeleiros antes", disse para si mesma; "a Lebre Maluca será muito mais interessante, e talvez, como estamos em maio, não esteja louca - pelo menos não tão louca como foi em março". Ao dizer isto, ela olhou para cima, e lá estava o Gato novamente, sentado em um galho de uma árvore.

"Você disse porco ou corpo?", disse o Gato.

"Eu disse porco", respondeu Alice; e gostaria que não continuasse aparecendo e desaparecendo tão de repente, me deixa tonta!"

"Tudo bem", disse o gato; e desta vez ele desapareceu muito lentamente, começando com o fim da cauda, e terminando com o sorriso, que permaneceu ainda algum tempo depois que o resto dele havia desaparecido.

LEWIS CARROLL

"Bem! Eu já vi muitas vezes um gato sem um sorriso", pensou Alice; "mas um sorriso sem um gato! É a coisa mais curiosa que já vi em minha vida!"

A menina não havia ido longe quando avistou a casa da Lebre Maluca. Ela pensou que deveria ser a casa certa, porque as chaminés tinham o formato de orelhas e o telhado era de palha com pelo. Era uma casa tão grande, que não queria se aproximar até que tivesse mordiscado um pouco mais do pedaço de cogumelo da mão esquerda, e sua altura se elevou até cerca de dois metros de altura; mesmo assim ela caminhou timidamente em direção à casa, dizendo para si mesma: "Suponhamos que a lebre esteja freneticamente doida! Quase chego a desejar ter ido ver o Chapeleiro Maluco!"

CAPÍTULO 7

UM CHÁ MALUCO

Havia uma mesa colocada sob uma árvore na frente da casa, e a Lebre Maluca e o Chapeleiro Maluco estavam tomando chá, um Caxinguelê dormia sentado entre ambos, e os dois o usavam como almofada e falavam sobre sua cabeça. "Muito desconfortável para o Caxinguelê", pensou Alice; "mas, como ele está dormindo, suponho que não se importe."

A mesa era grande, mas os três estavam juntos em um canto da mesma: "Não tem lugar! Não tem lugar!", gritaram quando viram Alice chegando. "Há muito espaço", disse Alice indignada, e sentou-se em uma grande cadeira em uma das extremidades da mesa.

"Tome um pouco de vinho", disse a Lebre Maluca num tom encorajador.

Alice olhou ao redor da mesa, mas não havia nada nela além de chá. "Não vejo nenhum vinho", comentou ela.

"Não há nenhum", disse a Lebre Maluca.

"Então não foi muito civilizado da sua parte oferecê-lo", disse Alice com raiva.

"Não foi muito civilizado de sua parte sentar-se sem ser convidada", disse a Lebre Maluca.

"Eu não sabia que era a sua mesa", disse Alice; "ela é posta para muito mais do que três."

"Seu cabelo precisa ser cortado", disse o Chapeleiro. Ele estava olhando para Alice há algum tempo com grande curiosidade, e este foi seu primeiro discurso.

"Você deve aprender a não fazer comentários pessoais", disse Alice com alguma severidade; "é muito rude."

O Chapeleiro abriu bem os olhos ao ouvir isso; mas tudo o que ele disse foi: "Por que um corvo é como uma escrivaninha?"

"Vamos nos divertir um pouco agora!", pensou Alice. "Estou feliz que tenha começado a propor enigmas... acredito poder adivinhar esse", acrescentou ela em voz alta.

"Quer dizer que você acha que pode descobrir a resposta", disse a Lebre.

"Exatamente assim", disse Alice.

"Então você deve dizer o que quer dizer", prosseguiu a Lebre Maluca.

"Eu digo", respondeu Alice apressadamente; "pelo menos... pelo menos eu penso o que digo... é a mesma coisa, né..."

"Nem um pouco a mesma coisa", disse o Chapeleiro Maluco. "Seria como dizer que 'eu vejo o que eu como' é a mesma coisa de 'eu como o que eu vejo'!"

"Vale dizer", acrescentou a Lebre Maluca "que 'eu gosto do que recebo' é a mesma coisa que 'eu recebo o que gosto'!"

"Vale dizer", acrescentou o Caxinguelê, que parecia estar falando durante o sono, "que 'eu respiro quando durmo' é a mesma coisa que 'eu durmo quando respiro!"

"É a mesma coisa para você", disse o Chapeleiro. Logo a conversa acabou, e a reunião ficou em silêncio por um minuto, enquanto Alice pensava em tudo o que podia lembrar sobre corvos e escrivaninhas, o que não era muito.

O Chapeleiro foi o primeiro a quebrar o silêncio. "Que dia do mês é hoje?", perguntou ele, voltando-se para Alice: ele havia tirado seu relógio do bolso, e estava olhando para ele com desconforto, sacudindo-o de vez em quando, e segurando-o ao seu ouvido.

Alice pensou um pouco e disse: "É dia quatro."

"Dois dias errado!", suspirou o Chapeleiro. "Eu disse que a manteiga não resolveria o problema", acrescentou, olhando com raiva para a Lebre.

"Era a melhor manteiga", respondeu mansamente a Lebre.

"Sim, mas algumas migalhas também devem ter entrado", resmungou o Chapeleiro: "você não deveria tê-lo passado com a faca do pão."

A Lebre Maluca pegou o relógio e o olhou com tristeza, depois mergulhou-o em sua xícara de chá e o olhou novamente, mas não

conseguiu pensar em nada melhor para dizer do que sua primeira observação: "Era a melhor manteiga."

Alice estava olhando por cima de seu ombro com curiosidade. "Que relógio engraçado", comentou ela. "Ele diz o dia do mês, e não diz as horas!"

"Por que deveria?", murmurou o Chapeleiro. "Seu relógio lhe diz em que ano estamos?"

"Claro que não", respondeu Alice muito prontamente: "mas isso é porque permanece o mesmo ano por muito tempo."

"Que é exatamente o caso do meu", disse o Chapeleiro.

Alice se sentiu terrivelmente intrigada. A observação do Chapeleiro parecia não ter nenhum tipo de significado e, no entanto, era certamente português. "Eu não o entendo muito bem", disse ela, tão educadamente quanto podia.

"O Caxinguelê está dormindo novamente", disse o Chapeleiro, e ele derramou um pouco de chá quente em seu nariz.

O Caxinguelê balançou a cabeça impacientemente e disse, sem abrir os olhos: "É claro, é claro; exatamente o que eu ia comentar".

"Você já adivinhou o enigma?", indagou o Chapeleiro, voltando-se novamente para Alice.

"Não, eu desisto", respondeu Alice: "Qual é a resposta?"

"Não tenho a menor ideia", disse o Chapeleiro.

"Nem eu", disse a Lebre Maluca.

Alice suspirou cansada. "Acho que você poderia fazer algo melhor com o tempo", disse ela, "do que desperdiçá-lo perguntando enigmas que não têm resposta."

"Se você conhecesse o Tempo tão bem quanto eu", disse o Chapeleiro, "você não falaria em desperdiçá-lo."

"Não sei o que você quer dizer", disse Alice.

"Claro que não!", disse o Chapeleiro, jogando sua cabeça de forma desdenhosa. "Eu ouso dizer que você nunca falou com o Tempo!"

"Talvez não", respondeu Alice cautelosamente: "mas sei que tenho que marcar o tempo quando aprendo música."

"Ah! Isso explica tudo", disse o Chapeleiro. "Ele não suporta ser marcado. Agora, se você só mantivesse boas relações com ele, ele faria quase tudo o que você gosta com o relógio. Por exemplo, suponha que fossem nove horas da manhã, apenas a hora de começar as aulas, você só teria que sussurrar no ouvido do Tempo, e o relógio ia girar num piscar de olhos! Uma e meia, hora de almoço!"

("Só queria que fosse mesmo", disse a Lebre Maluca em um sussurro).

"Isso seria grandioso, certamente", disse Alice pensativa: "mas então não deveria estar faminta, não é?"

"A princípio, talvez não", disse o Chapeleiro: "mas você poderia mantê-lo em uma e meia o tempo que quisesse."

"É assim que você consegue?", perguntou Alice.

O Chapeleiro balançou a cabeça tristemente. "Eu não!", respondeu ele. "Discutimos em março passado... pouco antes de ele enlouquecer, você sabe..." (apontando com sua colher de chá para a Lebre Maluca), "... foi no grande concerto dado pela Rainha de Copas, e eu tive que cantar:

Brilha, brilha, morceguinho!

Me pergunto o que você está fazendo!

"Você conhece a canção, talvez?"

"Já ouvi algo parecido", disse Alice.

"Continua, da seguinte maneira", disse o Chapeleiro:

Para cima do mundo você voa,

Como um raio de chá no céu.

Brilha, brilha...

No mesmo momento, o Caxinguelê se sacudiu e começou a cantar em seu sono: "Pisca, pisca, pisca..." e continuou por tanto tempo que tiveram que beliscá-lo para que parasse.

"Bem, eu mal tinha terminado o primeiro verso", disse o Chapeleiro, "quando a Rainha saltou e gritou, 'Ele está assassinando o tempo! Cortem-lhe a cabeça!'"

"Que crueldade!", exclamou Alice.

"E desde então", o Chapeleiro continuou num tom de luto: "Ele não fará nada que eu peça! Agora são sempre seis horas."

Uma ideia brilhante veio à cabeça de Alice. "É por essa razão que tem tanta louça de chá na mesa?", perguntou ela.

"Sim, é isso", disse o Chapeleiro com um suspiro: "é sempre hora do chá, e não temos tempo para lavar as coisas entre os silêncios."

"Então ficam andando ao redor da mesa?", disse Alice.

"Exatamente assim", disse o Chapeleiro: "à medida que a louça se suja."

"Mas o que acontece quando você chega ao início novamente?", Alice aventurou-se a perguntar.

"Melhor mudarmos de assunto", a Lebre Maluca interrompeu, bocejando. "Estou ficando cansada. Proponho que a senhorita nos conte uma história."

"Receio não conhecer nenhuma", disse Alice, bastante alarmada com a proposta.

"Então o Caxinguelê", ambos gritaram. "Acorde, Caxinguelê!" E eles o beliscaram de ambos os lados ao mesmo tempo.

O Caxinguelê abriu os olhos lentamente. "Eu não estava dormindo", disse ele em voz rouca e fraca: "Eu ouvi cada palavra que vocês estavam dizendo."

"Conte-nos uma história", disse a Lebre Maluca.

"Sim, por favor!", suplicou Alice.

"E seja rápido", acrescentou o Chapeleiro, "ou você estará dormindo novamente antes mesmo de começar."

"Era uma vez três irmãs pequenas", começou com muita pressa; "e seus nomes eram Elsie, Lacie e Tillie; e elas viviam no fundo de um poço."

"Do que eles viviam", disse Alice, que sempre se interessou muito por questões de comer e beber.

"Eles viviam de melaço", respondeu o dorminhoco, depois de pensar um ou dois minutos.

"Eles não poderiam ter feito isso", comentou Alice gentilmente; "eles teriam adoecido."

"Assim elas eram", disse o Caxinguelê; "muito doentes."

Alice tentou imaginar como seria uma forma de vida tão extraordinária, mas isso a intrigou demais, então ela continuou: "Mas por que eles viviam no fundo de um poço?"

"Tome mais um pouco de chá", disse a Lebre Maluca a Alice, com muita seriedade.

"Ainda não tomei nada", respondeu Alice em tom ofendido, "por isso não posso tomar mais."

"Você quer dizer que não pode tomar menos", disse o Chapeleiro: "é muito fácil tomar mais do que nada."

"Ninguém pediu sua opinião", disse Alice.

"Quem está fazendo comentários pessoais agora?", perguntou o Chapeleiro triunfantemente.

ALICE NO PAÍS DAS MARAVILHAS

Alice não sabia bem o que dizer sobre isto, então ela se serviu com um pouco de chá, pão e manteiga, e então se voltou para o Caxinguelê, e repetiu sua pergunta. "Por que eles viviam no fundo de um poço?"

O dorminhoco levou novamente um ou dois minutos para pensar sobre isso e depois disse: "Era um poço de melaço."

"Não existe tal coisa!" Alice estava começando a ficar com raiva, mas o Chapeleiro e a Lebre Maluca disseram: "Sh! sh! sh!" e Caxinguelê comentou amuado: "Se não pode ser educada, é melhor terminar a história por si mesma."

"Não, por favor, continue!", Alice disse muito humildemente: "Não vou interromper novamente, fingirei que existe um poço de melaço."

"De fato!", disse o Caxinguelê indignadamente. No entanto, ele consentiu em continuar. "E assim estas três irmãzinhas estavam aprendendo a extrair..."

"O quê?", disse Alice, esquecendo-se bastante de sua promessa.

"Melaço", responde ele sem pestanejar.

"Eu quero um copo limpo", interrompeu o Chapeleiro, "vamos todos mudar de lugar."

Ele seguiu em frente enquanto falava, e o Caxinguelê o seguiu: a Lebre Maluca mudou-se para o lugar do Caxinguelê, e Alice, de má vontade, tomou o lugar da Lebre. O Chapeleiro foi o único que obteve alguma vantagem com a mudança, Alice estava muito pior do que antes, já que a Lebre tinha acabado de derrubar o jarro de leite em seu prato.

Alice não quis ofender o Caxinguelê novamente, então ela começou com muita cautela: "Mas eu não entendo. De onde eles tiravam o melaço?"

"Você pode tirar água de um poço de água", disse o Chapeleiro; "então eu deveria pensar que você poderia tirar melaço de um poço de melaço, não é, sua burra?"

"Mas eles estavam no poço", disse Alice, preferindo desconsiderar esta última observação.

"Claro que estavam", disse o Caxinguelê; "Bem no fundo."

Esta resposta confundiu de tal forma a pobre Alice, que a menina deixou a história desenrolar por algum tempo sem interromper.

"Elas estavam aprendendo a tirar" continuou ele, bocejando e esfregando seus olhos, pois estava ficando muito sonolento; "e elas extraíam todo tipo de coisas – tudo que começa com um M…"

"Por que com um M?", indagou Alice.

"Por que não?", disse a Lebre Maluca.

Alice ficou em silêncio.

O dorminhoco tinha fechado os olhos a essa altura, e estava adormecendo; mas, ao ser beliscado pelo Chapeleiro, acordou novamente com um pequeno grito, e continuou: "… que começa com M, como maçaricos, maçanetas, a memória, e a mesmice… já viu tal coisa como extrair uma mesmice?"

"Realmente, agora você me pegou", disse Alice, muito confusa, "Eu não acho…"

JOHN TENNIEL

LEWIS CARROLL

"Então você não deve falar", disse o Chapeleiro Maluco.

Esta rudeza era mais do que Alice podia suportar: ela se levantou com grande repugnância e saiu andando; o Caxinguelê adormeceu instantaneamente, e nenhum dos outros deu a mínima atenção para sua saída, embora ela tenha olhado para trás uma ou duas vezes, esperando que eles a chamassem; a última vez que ela os viu, eles estavam tentando colocar o dorminhoco no bule de chá.

"De qualquer forma, nunca mais voltarei ali", disse Alice ao escolher seu caminho através do bosque. "É a festa do chá mais estúpida que eu já fui em toda a minha vida!"

Assim que terminou de dizer, notou que uma das árvores tinha uma porta que levava direto para dentro dela. "Isso é muito curioso", pensou ela. "Mas hoje tudo é curioso. Acho que é melhor eu entrar imediatamente". E ela entrou.

Mais uma vez ela se viu no longo salão, e perto da pequena mesa de vidro. "Agora, desta vez vou conseguir", disse ela para si mesma, e começou pegando a chavezinha dourada e abrindo a porta que dava para o jardim. Então começou a mordiscar o cogumelo (ela tinha guardado um pedaço dele no bolso) até ficar com cerca de um metro de altura, então ela desceu a pequena passagem e finalmente se encontrou no lindo jardim, entre os canteiros de flores brilhantes e fontes de águas frescas.

ALICE NO PAÍS DAS MARAVILHAS

ma grande roseira ficava perto da entrada do jardim: as rosas que cresciam eram brancas, mas havia três jardineiros pintando-as de vermelho. Alice achou isso muito curioso, e se aproximou para observá-las, e quando chegou até elas, ouviu uma delas dizer: "Cuidado agora, Cinco! Não me salpique a tinta assim!"

"Eu não pude evitar", disse Cinco, num tom amuado; "Sete empurrou meu cotovelo."

Sete olhou para cima e disse: "É isso mesmo, Cinco! Sempre culpe os outros!"

"É melhor você não falar", disse Cinco. "Eu ouvi a Rainha dizer ainda ontem que você merecia ser decapitada!"

"Por quê?", disse aquele que tinha falado primeiro.

"Isso não é da sua conta, Dois", disse Sete.

"É sim", disse Cinco, "e eu lhe direi: foi por ter trazido a raiz da tulipa para a cozinheira em vez de cebolas."

Sete atirou seu pincel para baixo, e começou a falar: "Bem, de todas as coisas injustas", quando olhou para Alice, enquanto ela os observava, e ele se calou de repente: os outros também olharam em volta, e todos se abaixaram.

"Você poderia me dizer", disse Alice, um pouco timidamente, "por que você está pintando essas rosas?"

Cinco e Sete não disseram nada, mas olharam para o Dois. Dois começou em voz baixa: "Porque o fato é, veja, senhorita, isso aqui deveria ter sido uma rosa vermelha, e nós colocamos uma branca por engano; e se a Rainha descobrisse, todos nós teríamos nossas cabeças cortadas. Então, senhorita, estamos fazendo o nosso melhor, antes que ela venha, para...". Neste momento, Cinco estava olhando ansiosamente para o jardim quando gritou: "A Rainha! A Rainha!" e os três jardineiros se atiraram instantaneamente de bruços no chão. Havia o som de muitos passos, e Alice olhou em volta, ansiosa para ver a Rainha.

Primeiro vieram dez soldados carregando tacos; todos eles tinham a forma dos três jardineiros, longos e planos, com suas mãos e pés nos cantos: em seguida, os dez cortesãos; estes estavam cheios de diamantes, e andavam dois a dois, como os soldados faziam. Depois destes vieram as crianças reais; eram dez, e as queridinhas saltavam alegremente de mãos dadas, em casais: todos eles estavam enfeitados com corações. Em seguida vieram os convidados, principalmente Reis e Rainhas, e entre eles Alice reconheceu o Coelho Branco: ele estava falando de forma nervosa e apressada, sorrindo para tudo o que era dito, e passou sem percebê-la. Seguiu-se o Valete de Copas, carregando a coroa do Rei sobre uma almofada de veludo carmesim; e, por último, veio O REI E A RAINHA DE COPAS.

Alice tinha dúvidas se não deveria debruçar-se como os três jardineiros, mas não se lembrava de ter ouvido falar de tal regra nas

procissões; "e, além disso, qual seria a utilidade de uma procissão", pensou ela, "se as pessoas tivessem que se deitar sobre seu rosto, para que não pudessem vê-la". Então ela parou onde estava, e esperou.

Quando a procissão veio em frente à Alice, todos pararam e olharam para ela, e a Rainha disse severamente: "Quem é esta?". Ela disse ao Valete de Copas, que só se curvou e sorriu em resposta.

"Idiota!", disse a Rainha, balançando a cabeça impacientemente; e, voltando-se para Alice, continuou: "Qual é o seu nome, criança?"

"Meu nome é Alice, Vossa Majestade", disse muito educadamente; acrescentando, para si mesma: "Afinal, eles são apenas um maço de cartas. Eu não preciso ter medo deles!"

"E quem são estes?", falou a Rainha, apontando para os três jardineiros que estavam deitados ao redor da roseira; como eles estavam debruçados, e o padrão nas costas era o mesmo que o resto do grupo, ela não podia dizer se eram jardineiros, ou soldados, ou cortesãos, ou três de seus próprios filhos.

"Como eu deveria saber?", indagou Alice, surpresa com sua própria coragem. "Não tenho nada a ver com isso."

A rainha virou-se com fúria e, depois de tê-la olhado por um momento como uma fera selvagem, gritou: "Cortem-lhe a cabeça! Cortem..."

"Bobagem", disse Alice, muito alto e decididamente, e a Rainha ficou em silêncio.

O Rei colocou sua mão sobre o braço dela e, timidamente, disse: "Considere, minha querida, ela é apenas uma criança!"

A Rainha se afastou dele com raiva, e disse ao Valete: "Vire-os!"

O Valete o fez, com muito cuidado, com um pé.

"Levante-se!", gritou a Rainha, em voz estridente e alta, e os três jardineiros saltaram instantaneamente, e começaram a fazer reverência ao Rei, à Rainha, às crianças reais, e a todos os outros.

"Deixem isso!", berrou a Rainha. "Vocês me deixam tonta". E então, voltando-se para a roseira, ela continuou: "O que vocês estavam fazendo aqui?"

"Para agradar à Vossa Majestade", disse Dois, num tom muito humilde, ajoelhando-se enquanto ele falava, "nós estávamos tentando..."

"Estou vendo!", disse a Rainha, que, enquanto isso, estava examinando as rosas. "Cortem-lhe a cabeça!" E a procissão prosseguiu com três dos soldados ficando para trás para executar os infelizes jardineiros, que correram para Alice em busca de proteção.

"Vocês não devem ser decapitados", disse Alice, e ela os colocou em um grande vaso de flores que ficava perto. Os três soldados vaguearam por um ou dois minutos, procurando por eles, e depois marcharam calmamente atrás dos outros.

"Eles estão sem cabeça?", gritou a Rainha.

"Suas cabeças se foram, se Vossa Majestade assim o entender!", bradaram os soldados em resposta.

"É verdade!", gritou a Rainha. "Você sabe jogar críquete?"

ALICE NO PAÍS DAS MARAVILHAS

Os soldados ficaram em silêncio, e olharam para Alice, pois a pergunta era evidentemente destinada a ela.

"Sim!", respondeu Alice.

"Vamos lá, então!", rugiu a Rainha, e Alice se juntou à procissão, perguntando-se o que aconteceria a seguir.

"É um dia muito bonito", disse uma voz tímida ao seu lado. Ela estava caminhando ao lado do Coelho Branco, que a espreitava ansiosamente.

"Muito", disse Alice: "Onde está a Duquesa?"

"Silêncio! Silêncio!", falou o Coelho em tom baixo, apressado. Ele olhou ansiosamente por cima do ombro enquanto falava, e depois, ficando nas pontas dos pés, colocou sua boca perto do ouvido dela e sussurrou: "Ela está sob sentença de execução."

"Por quê?", disse Alice.

"Você disse 'Que pena?'", perguntou o Coelho.

"Não, eu não disse", disse Alice: "Eu não acho que seja uma pena. Eu disse: "Por quê?"

"Ela puxou as orelhas da Rainha", explicou o Coelho. Alice deu um pequeno grito de riso.

"Oh, silêncio!", sussurrou o Coelho num tom assustado. "A Rainha vai ouvir você! A Duquesa chegou bastante tarde, e a Rainha disse..."

LEWIS CARROLL

"Vão para seus lugares!", berrou a Rainha em voz de trovão, e as pessoas começaram a correr em todas as direções, tombando umas contra as outras; no entanto, elas se posicionaram em um minuto ou dois, e o jogo começou. Alice pensou nunca ter visto um críquete tão curioso em sua vida; era todo cheio de cristas e sulcos; as bolas eram porcos-espinhos vivos, os tacos eram flamingos vivos, e os soldados tinham que se dobrar e ficar de pé e de mãos dadas, para fazer os arcos.

A principal dificuldade que Alice encontrou no início foi no manejo de seu flamingo: ela conseguia encaixar seu corpo, confortavelmente, debaixo do braço, com as pernas penduradas, mas geralmente, quando ela ajeitava o pescoço do flamingo, e ia dar um golpe com a cabeça dele no ouriço, o flamingo se torcia e olhava para ela, com uma expressão tão confusa que não podia deixar de rir; e quando ela finalmente abaixava a cabeça do flamingo, e ia começar de novo, era muito provocante descobrir que o ouriço-cacheiro se tinha desenrolado, e estava pronto para se rastejar; além de tudo isso, geralmente havia um cume ou sulco no caminho para onde ela queria mandar o ouriço-cacheiro, e, como os soldados curvados estavam sempre se levantando e andando para outras partes do chão, Alice logo chegou à conclusão de que era um jogo muito difícil, de fato.

Os jogadores jogavam todos de uma vez sem esperar por turnos, brigando o tempo todo e lutando pelos ouriços; e em muito pouco tempo a Rainha ficou furiosa, e foi carimbando, e gritando: "Cortem-lhe a cabeça, cortem-lhe a cabeça!"

Alice começou a se sentir muito inquieta: para ter certeza, ela ainda não tinha tido nenhuma disputa com a Rainha, mas ela sabia que isso poderia acontecer a qualquer minuto, "e então", pensou ela, "o que será de mim? Eles gostam muito de decapitar as pessoas aqui; a grande maravilha é que ainda há alguém vivo!"

Ela estava procurando alguma forma de escapar, e se perguntando se poderia escapar sem ser vista, quando notou uma curiosa aparição no ar: no início, ela ficou muito intrigada, mas, depois de observar por um minuto ou dois, ela sorriu, e disse para si mesma: "É o Gato de *Cheshire*: agora terei alguém com quem conversar."

"Como você está se saindo?", perguntou o Gato, assim que houve boca suficiente para que ele falasse com ela.

Alice esperou até que os olhos aparecessem, e depois acenou com a cabeça. "Não adianta falar com ele", pensou ela, "até que seus ouvidos tenham aparecido, ou pelo menos um deles". Em outro minuto, a cabeça inteira apareceu, e então Alice pousou seu flamingo, e começou um relato do jogo, sentindo-se muito feliz por ter alguém para escutá-la. O Gato parecia pensar que agora havia o suficiente dele à vista, e não apareceu mais nada do corpo dele.

"Não acho que eles joguem de forma justa", começou Alice, em um tom um tanto queixoso, "e todos eles brigam tão terrivelmente que não se pode ouvir ninguém – e não parecem ter nenhuma regra em particular"; pelo menos, se têm, ninguém obedece, e você não tem ideia de como é confuso estarem todas as coisas vivas; por exemplo, o arco que eu tinha de atravessar em seguida saiu andando para o outro lado do campo, e eu deveria ter agarrado o ouriço da Rainha agora mesmo, só que ele fugiu quando viu o meu chegando!"

"Você gosta da Rainha?", perguntou o Gato em voz baixa.

"De jeito nenhum", disse Alice: "ela é tão extremista..." Logo depois ela notou que a Rainha estava perto dela, ouvindo: então ela continuou, "provavelmente ela vai ganhar, talvez não vale a pena terminar o jogo."

A Rainha sorriu e passou adiante.

LEWIS CARROLL

"Com quem você está falando?", perguntou o Rei, subindo até Alice e olhando a cabeça do Gato com muita curiosidade.

"É um amigo meu, O Gato de *Cheshire*", disse Alice: "permita-me apresentá-lo."

"Não gosto nada do seu aspecto", disse o Rei: "no entanto, ele pode beijar minha mão se quiser."

"Eu prefiro não", comentou o Gato.

"Não seja impertinente", disse o Rei, "e não olhe para mim assim!" Ele ficou atrás da Alice enquanto falava.

"Um gato pode olhar para um rei", disse Alice. "Eu li isso em algum livro, mas não me lembro onde."

"Bem, deve ser removido", disse o Rei muito decididamente, e chamou a Rainha, que estava passando no momento, "Minha querida! Gostaria que você mandasse retirar este gato!"

A Rainha tinha apenas uma maneira de resolver todas as dificuldades, grandes ou pequenas. "Cortem-lhe a cabeça!", disse ela, sem sequer olhar em volta.

"Eu mesmo irei buscar o verdugo", disse o rei com entusiasmo, e ele se apressou em partir.

Alice pensou que poderia muito bem voltar atrás, e ver como o jogo estava indo, pois ouviu a voz da Rainha à distância, gritando com paixão. Ela já tinha ouvido a Rainha mandar executar três dos jogadores por terem perdido sua vez, e não gostou nada do rumo das coisas, pois o jogo estava tão confuso que ela nunca sabia se era sua vez ou não. Então ela foi em busca de seu ouriço.

ALICE NO PAÍS DAS MARAVILHAS

O ouriço estava envolvido em uma luta com outro ouriço, o que parecia para Alice uma excelente oportunidade para atirar um contra o outro; a única dificuldade era que seu flamingo tinha corrido para o outro lado do campo, onde Alice podia vê-lo tentando em vão voar até uma árvore.

Quando ela pegou o flamingo e o trouxe de volta, a luta já havia terminado e ambos os ouriços estavam fora de vista: "mas não importa muito", pensou Alice, "já que todos os arcos já saíram deste lado do campo". Então ela escondeu o flamingo debaixo do braço, para que não escapasse novamente, e voltou para um pouco mais de conversa com seu amigo.

Quando ela voltou para onde estava o Gato de *Cheshire*, ficou surpresa ao encontrar uma grande multidão reunida em torno dele: havia uma disputa entre o carrasco, o Rei e a Rainha, que estavam todos conversando ao mesmo tempo, enquanto todos os outros estavam bastante silenciosos, e pareciam muito desconfortáveis.

No momento em que Alice apareceu, ela foi chamada pelos três para resolver a questão, e eles repetiram seus argumentos para ela, embora, como todos eles falavam de uma só vez, ela achava muito difícil entender exatamente o que eles diziam.

O argumento do carrasco era que só se pode cortar uma cabeça caso exista um corpo de onde cortá-la: que ele nunca tinha tido que fazer tal coisa antes, e que ele não iria começar em seu momento de vida.

O argumento do Rei era que qualquer coisa que tivesse cabeça poderia ser decapitada, e que você não deveria dizer disparates.

O argumento da Rainha era que, se algo não fosse feito imediatamente, ela mandaria todos serem executados. (Foi esta última observação que fez todos parecerem tão sérios e ansiosos.)

Alice não conseguia pensar em mais nada para dizer senão "O Gato pertence à Duquesa: é melhor perguntar a ela sobre isso."

"Ela está na prisão", disse a Rainha ao carrasco: "Tragam-na aqui". E o carrasco correu como uma flecha.

A cabeça do Gato começou a desaparecer no momento em que ele se foi, e, quando ele voltou com a Duquesa, ela havia desaparecido completamente; assim, o Rei e o carrasco correram loucamente para cima e para baixo à procura dela, enquanto o resto do grupo voltou para o jogo.

CAPÍTULO 9

A HISTÓRIA DA TARTARUGA FALSA

ALICE NO PAÍS DAS MARAVILHAS

"Você não pode imaginar como estou feliz em vê-la novamente, minha querida", disse a Duquesa, enquanto ela cruzava seu braço afetuosamente no de Alice, e elas saíram para uma caminhada.

Alice ficou muito contente de encontrá-la com um temperamento tão agradável e pensou consigo mesma que talvez fosse apenas a pimenta que a tivesse tornado tão selvagem quando se encontraram na cozinha.

"Quando eu for duquesa", disse a si mesma, (embora não num tom muito esperançoso), "não terei nenhuma pimenta na minha cozinha. A sopa cai muito bem sem pimenta, pois talvez seja a pimenta que faz com que as pessoas tenham um tempero quente", continuou ela, muito satisfeita por ter descoberto um novo tipo de regra, "e o vinagre que as faz azedas – e a camomila que as faz amargas – e o açúcar de cevada e tais coisas que fazem com que as crianças tenham um tempero doce". Eu só queria que as pessoas soubessem disso: então não seriam tão mesquinhas com isso..."

Ela já havia esquecido da Duquesa naquele momento, e ficou um pouco assustada quando ouviu sua voz perto de seu ouvido.

"Você está pensando em algo, minha querida, e isso a faz esquecer de falar. Não posso lhe dizer agora mesmo qual é a moral disso, mas vou me lembrar daqui a pouco."

"Talvez não tenha nenhuma", Alice aventurou-se a comentar.

"Ora, ora criança!", disse a Duquesa. "Tudo tem uma moral, basta você encontrá-la". E ela foi chegando mais perto de Alice enquanto falava.

Alice não gostava muito de ficar tão perto dela; primeiro, porque a Duquesa era muito feia; e segundo, porque ela tinha a altura exata para descansar o queixo sobre o ombro de Alice, e era um queixo desconfortavelmente afiado. No entanto, ela não gostava de ser rude, por isso ela suportava o melhor que podia.

"O jogo está indo muito melhor agora", disse ela, a fim de manter um pouco a conversa.

"É assim", disse a Duquesa: "e a moral disso é… Oh, é o amor, é o amor, que faz o mundo girar!"

"Alguém disse", sussurrou Alice, "que isso acontece com todos que se preocupam com seus próprios negócios!"

"Ah, bem! Significa a mesma coisa", disse a Duquesa, cavando seu queixo afiado no ombro de Alice, e ela acrescentou, "e a moral disso é: Cuide do sentido, e os sons cuidarão de si mesmos."

"Como ela gosta de encontrar a moral nas coisas!", Alice pensou.

"Eu ouso dizer que você está se perguntando por que eu não coloco meu braço em volta de sua cintura", disse a Duquesa após

uma pausa: "a razão é que tenho dúvidas sobre o temperamento de seu flamingo. Devo tentar a experiência?"

"Ele pode morder", respondeu Alice com cautela, não se sentindo nada ansiosa para que a experiência fosse realizada.

"Muito verdadeiro", disse a Duquesa, "flamingos e mostarda mordem". E a moral disso é: "Aves da mesma espécie voam juntas."

"Mas mostarda não é um pássaro", observou Alice.

"Certo, como sempre", disse a Duquesa, "que maneira clara você tem de colocar as coisas!"

"É um mineral, eu acho", disse Alice.

"Claro que sim", disse a Duquesa, que parecia pronta para concordar com tudo o que Alice dizia; "há um grande manancial de mostarda perto daqui. E a moral disso é: quanto mais há da minha, menos há da sua."

"Oh, eu sei!", exclamou Alice, que não tinha entendido esta última observação. "É um vegetal. Não parece ser um, mas é."

"Concordo plenamente com você", disse a Duquesa, "e a moral disso é: 'Seja o que você parece ser' – ou se você gostaria que fosse mais simples 'Nunca se imagine não ser diferente do que poderia parecer aos outros que o que você era ou poderia ter sido não era diferente do que você teria parecido a eles.'"

"Acho que eu deveria entender isso melhor", disse Alice muito educadamente, "se eu o visse escrito, mas não consigo acompanhar muito bem o sentido assim de ouvido."

"Isso não é nada perto do que eu poderia dizer, se eu quisesse", respondeu a Duquesa, em tom de prazer.

"Não se incomode em explicar isso por mais tempo, seria um problema para você.", disse Alice.

"Oh, não fale de problemas", disse a Duquesa. "Eu ofereço a você tudo o que eu disse até agora como presente."

"Uma espécie de presente barato", pensou Alice. "Ainda bem que eles não dão presentes de aniversário assim!" Mas ela não ousou dizê-lo em voz alta.

"Pensando de novo?", observou a Duquesa, com outro aperto de seu queixo afiado no ombro de Alice.

"Eu tenho o direito de pensar", disse Alice com muita clareza, pois ela estava começando a se sentir um pouco preocupada.

"Tão certo", disse a Duquesa, "como os porcos têm o direito de voar; e a mo..."

Mas aqui, para grande surpresa de Alice, a voz da Duquesa morreu, mesmo no meio de sua palavra favorita 'moral', e o braço que estava ligado ao dela começou a tremer. Alice olhou para cima, e lá estava a Rainha diante dela, com os braços cruzados, franzindo a testa como uma trovoada.

"Um belo dia, Majestade!", a Duquesa começou com uma voz baixa e fraca.

"Agora, eu lhe dou um aviso justo", gritou a Rainha, batendo os pés no chão enquanto falava; "ou você ou sua cabeça devem estar fora, e isso em pouco tempo! Faça a sua escolha!"

A Duquesa fez sua escolha, e se foi em um instante.

"Vamos continuar com o jogo", disse a Rainha a Alice; e Alice estava muito assustada para dizer uma palavra, mas aos poucos a seguiu de volta para o campo de críquete.

Os outros convidados haviam aproveitado a ausência da Rainha, e estavam descansando à sombra, no entanto, no momento em que a viram, apressaram-se a voltar ao jogo, a Rainha apenas observando que um momento de atraso lhes custaria a vida.

Todo o tempo que eles estavam jogando com a Rainha nunca deixaram de brigar com os outros jogadores, e gritando "Cortem a cabeça dele!", ou "Cortem a cabeça dela!" Aqueles que ela sentenciou foram levados sob custódia pelos soldados, que naturalmente tiveram que deixar de ser arcos para fazer isso, de modo que, ao final de meia hora, não havia mais arcos, e todos os jogadores, exceto o Rei, a Rainha e Alice, estavam sob custódia e sob sentença de execução.

Então a Rainha parou, sem fôlego, e disse à Alice: "Você já viu a Tartaruga Falsa?"

"Não", disse Alice. "Eu nem sei o que é uma tartaruga falsa."

"É de onde é feita a sopa de tartaruga falsa", disse a Rainha.

"Nunca vi nem ouvi falar de uma", disse Alice.

"Vamos lá, então", disse a Rainha, "e ela contará sua história."

Enquanto caminhavam juntas, Alice ouviu o Rei dizer em voz baixa, para os condenados em geral: "Vocês estão todos perdoados". "Isso é uma coisa boa", disse ela para si mesma, pois havia se senti-

do bastante infeliz com o número de execuções que a Rainha havia ordenado.

Logo eles encontraram um Grifo, deitado ao sol, dormindo rapidamente. "Levante-se, preguiçoso!", disse a Rainha, "e leve esta jovem para ver a Tartaruga Falsa, e para ouvir sua história. Devo voltar e ver algumas execuções que ordenei"; e ela foi embora, deixando Alice sozinha com o Grifo. Alice não gostou muito da aparência da criatura, mas no geral ela pensou que seria tão seguro ficar com ela quanto ir atrás daquela rainha selvagem, então ela ficou e esperou.

O Grifo se sentou e esfregou os olhos, depois observou a rainha até que ela ficou fora de vista, depois riu. "Que divertido!", disse o Grifo, meio para si mesmo, meio para Alice.

"Qual é a graça?", disse Alice.

"Ora, ela!", disse o Grifo. "É tudo fantasia dela, eles nunca executam ninguém. Vamos lá!"

"Todos dizem 'vamos lá!' aqui", pensou Alice, enquanto seguia lentamente atrás dele: "Eu nunca recebi tantas ordens em toda a minha vida, nunca!"

Eles não tinham ido muito longe quando viram a Tartaruga Falsa ao longe, sentada triste e solitária sobre uma pequena rocha, e, ao se aproximarem, Alice podia ouvi-la suspirar como se seu coração estivesse partido. Ela teve muita pena dela. "Qual é a tristeza dela?", perguntou ela ao Grifo, e o Grifo respondeu, quase com as mesmas palavras de antes: "É tudo fantasia dela; ela não tem nenhuma tristeza, você sabe. Vamos lá!"

Então, eles foram até a Tartaruga Falsa, que olhou para eles com grandes olhos cheios de lágrimas, mas não disse nada.

ALICE NO PAÍS DAS MARAVILHAS

"Esta jovem aqui", disse o Grifo, "ela quer saber sua história."

"Vou contar para ela", disse a Tartaruga Falsa em um tom profundo e oco: "Sentem-se, os dois, e não digam uma palavra até eu terminar."

Então eles se sentaram, e ninguém falou por alguns minutos. Alice pensou para si mesma: "Não vejo como ele poderá terminar, se não começar". Mas ela esperou pacientemente.

"Uma vez", disse finalmente a Tartaruga Falsa, com um suspiro profundo, "eu era uma tartaruga de verdade."

Estas palavras foram seguidas por um silêncio muito longo, quebrado apenas por uma exclamação ocasional murmurada do Grifo, e pelo constante e pesado soluço da Tartaruga Falsa. Alice estava quase se levantando e dizendo: "Obrigado, senhora, por sua interessante história", mas ela não pôde deixar de pensar que devia haver mais a ser dito a, então ela se sentou quieta e não disse nada.

"Quando éramos pequenos", a Tartaruga Falsa prosseguiu finalmente, mais calmamente, embora ainda soluçando um pouco de vez em quando, "fomos à escola no mar". O mestre era uma velha tartaruga – chamávamos-lhe Tatarruga."

"Por que Tatarruga?", perguntou Alice.

"Nós a chamávamos de Tatarruga porque ela era uma tartaruga enrugada.", disse a tartaruga zombeteira com raiva: "realmente você é muito ignorante!"

"Você deveria ter vergonha de si mesmo por fazer uma pergunta tão simples", acrescentou o Grifo; e então ambos se sentaram em silêncio e olharam para a pobre Alice, que se sentia pronta para

afundar na terra. Finalmente, o Grifo disse à tartaruga mestra: "Vá em frente, velho amigo! Não fique o dia todo com isso", e ele prosseguiu com estas palavras:

"Sim, nós fomos à escola no mar, embora você não acredite..."

"Eu nunca disse que não!", interrompeu Alice.

"Você disse!", retrucou a Tartaruga Falsa.

"Segure sua língua!", acrescentou o Grifo, antes que Alice pudesse falar novamente. A Tartaruga Falsa continuou:

"Tivemos o melhor da educação, na verdade, fomos à escola todos os dias..."

"Eu também já estive em uma escola", disse Alice; "você não precisa ter tanto orgulho com tudo isso."

"Com aulas extras...?", perguntou a tartaruga zombeteira com um pouco de ansiedade.

"Sim", disse Alice, "aprendemos francês e música."

"E lavagem?", disse a Tartaruga Falsa.

"Claro que não", disse Alice indignada.

"Ah! Então a sua não era uma escola realmente boa", disse a Tartaruga Falsa num tom de grande alívio. "Na nossa tinha, francês, música e lavagem... extra."

"Você não deviam precisar muito disso", disse Alice; "vivendo no fundo do mar."

"Eu não podia me dar ao luxo de aulas extras", disse a tartaruga mestra com um suspiro. "Eu só fiz o curso regular."

"Quais eram?", perguntou Alice.

"Curso de Enrolar e Desenrolar, é claro, para começar", respondeu a Tartaruga Falsa; "e depois os diferentes ramos da Aritmética, Ambição, Distração, 'Desembelezação' e Derivação."

"Nunca ouvi falar de 'Desembelezação', Alice aventurou-se a dizer. "O que é isso?"

O Grifo levantou as duas patas. "O quê! Nunca ouviu falar de desembelezação?", exclamou ele. "Você sabe o que é embelezar, eu suponho?"

"Sim", disse Alice duvidosamente: "significa – fazer algo ficar bonito."

"Bem, então", prosseguiu o Grifo, "se você não sabe o que desembelezar, você é uma pateta."

Alice não se sentiu encorajada a fazer mais perguntas sobre o assunto, então ela se voltou para a Tartaruga Falsa, e perguntou: "O que mais você tinha que aprender?"

"Bem, havia Mistério", respondeu a Tartaruga Falsa, contando nos dedos as matérias, "Mistério, antigo e moderno, Maregrafia, o professor de Maregrafia era um velho Caracol, que vinha uma vez por semana."

"Como eram as aulas?", perguntou Alice.

"Bem, eu mesma não posso mostrar a você", disse a Tartaruga Falsa: "Eu estou muito desatualizada. E o Grifo nunca aprendeu isso."

"Não tinha tempo", disse o Grifo: "Estudei com o mestre dos clássicos, no entanto. Ele era um caranguejo velho."

"Eu nunca estudei com ele", disse a Tartaruga Falsa com um suspiro: "ele ensinava a rir e a sofrer, costumavam dizer."

"Isso é verdade", disse o Grifo, suspirando; e ambas as criaturas esconderam seus rostos nas patas.

"E quantas horas por dia você fazia aulas?", indagou Alice, com pressa de mudar de assunto.

"Dez horas no primeiro dia", disse a Tartaruga Falsa, "nove no próximo, e assim por diante."

"Que plano curioso!", exclamou Alice.

"É por isso que são chamados de lições", observou o Grifo: "porque eles diminuem de dia para dia."

Esta foi uma ideia bastante nova para Alice, e ela pensou um pouco antes de fazer sua próxima observação. "Então o décimo primeiro dia deve ter sido um feriado."

"Claro que foi", disse a Tartaruga Falsa.

"E como era no décimo segundo?", Alice perguntou avidamente.

"Já chega de lições", o Grifo interrompeu em um tom muito decidido: "Diga-lhe algo sobre os jogos agora."

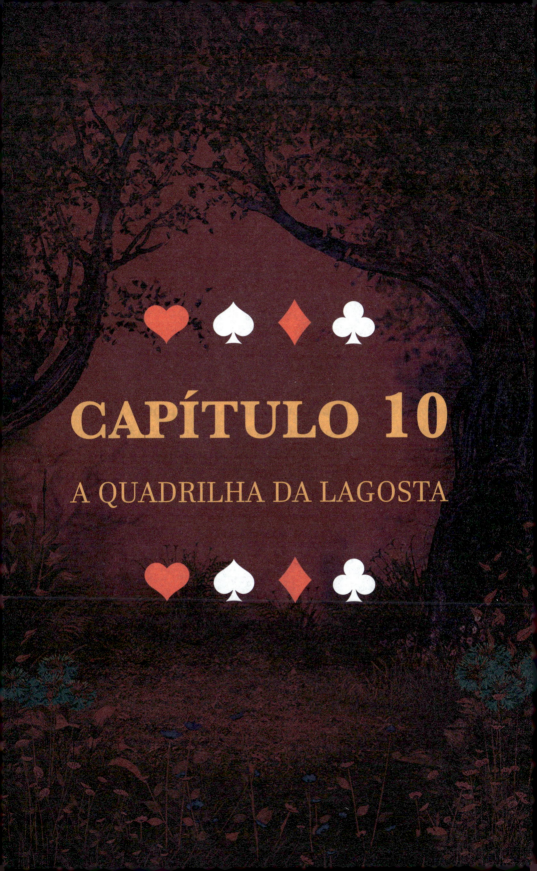

CAPÍTULO 10

A QUADRILHA DA LAGOSTA

Tartaruga Falsa suspirou profundamente, e secou os olhos com a parte de trás das patas. Ela olhou para Alice, e tentou falar, mas por um minuto ou dois, soluços sufocaram sua voz, como se ela tivesse um osso na garganta. Finalmente a tartaruga recuperou sua voz, e, com lágrimas correndo pelas bochechas, ela continuou novamente:

"Você pode não ter vivido muito debaixo do mar" ("Eu não vivi", disse Alice)... "E talvez nunca tenha sido apresentada a uma lagosta" (Alice começou a dizer: "Eu já provei", mas conteve-se apressadamente, e disse: "Não, nunca")... "então você não pode ter ideia do quão delicioso é uma Quadrilha de Lagosta!"

"Não, de fato", disse Alice. "Que tipo de dança é essa?"

"Vou explicar", disse o Grifo, "você primeiro forma uma fila ao longo da praia..."

"Duas filas!", gritou a Tartaruga Falsa. "Focas, tartarugas, salmões, e assim por diante; depois, quando você tiver tirado todos os peixes gelatinosos do caminho..."

"Isso geralmente leva algum tempo", interrompeu o Grifo.

"Você dá dois passos para frente..."

"Cada um com uma lagosta como parceiro!", gritou o Grifo.

"É claro", disse a Tartaruga Falsa: "dá dois passos para frente e olha para os parceiros..."

"Troca de lagosta e se apresenta na mesma ordem", continuou o Grifo.

"Então, você sabe", continuou a tartaruga falsa, "você joga as..."

"As lagostas!", gritou o Grifo, com um salto no ar.

"O mais longe no mar quanto você puder..."

"E nada atrás delas!", gritou o Grifo.

"Vire uma cambalhota no mar!", gritou a tartaruga zombeteira.

"E troca novamente de lagosta!", gritou o Grifo. "De volta a terra novamente, e isso é tudo a primeira figura", disse a Tartaruga Falsa, baixando de repente sua voz; e as duas criaturas, que haviam pulado como loucas durante todo esse tempo, sentaram-se muito triste e silenciosas, e olharam para Alice.

"Deve ser uma dança muito bonita", disse Alice timidamente.

"Você gostaria de ver um pouco disso?", perguntou a tartaruga zombeteira.

"Muito mesmo", disse Alice.

"Venha, vamos tentar a primeira figura", disse a Tartaruga Falsa para o Grifo. "Podemos passar sem lagostas, você sabe. Qual de nós dois vai cantar?"

"Oh, você canta", disse o Grifo. "Eu esqueci a letra."

Então eles começaram a dançar solenemente em torno de Alice, de vez em quando pisando em seus dedos dos pés quando passavam muito perto, e acenando suas patas dianteiras para marcar o tempo, enquanto a Tartaruga Falsa cantava isto, muito lenta e tristemente:

"Você andará um pouco mais rápido", disse um pintado a um caracol.

"Há um boto atrás de nós, e ele está pisando na minha cauda.

Veja como as lagostas e as tartarugas avançam avidamente!

Eles estão esperando na areia - você virá e se juntará à dança?

Você vai, não vai, não vai, não vai, não vai se juntar à dança?

Você vai, não vai, não vai, não vai, não vai, não vai participar da dança?

Você realmente não pode ter noção de como será encantador

Quando eles nos levam e nos jogam, com as lagostas, para o mar!"

Mas o caracol respondeu: "Muito longe, muito longe!", e deu um olhar de interrogação...

Ele agradeceu gentilmente ao pintado, mas não quis participar da dança.

Não poderia, não poderia, não poderia, não poderia, não participaria da dança.

Não poderia, não poderia, não poderia, não poderia, não poderia se juntar à dança.

"O que importa o quão o longe vamos", respondeu seu amigo.

"Há outra margem, sabe, do outro lado.

Quanto mais longe da Inglaterra, mais perto está da França...

Então, não fique pálido, amado caracol, mas venha e junte-se à dança.

Você vai, não vai, não vai, não vai, vai se juntar à dança?

Você vai, você não vai, você não vai, você não vai, você não vai se juntar à dança?"

"Obrigada, é uma dança muito interessante de se assistir", disse Alice, sentindo-se muito feliz por finalmente ter terminado, "e eu gosto muito daquela música curiosa sobre o pintado!"

"Oh, quanto ao pintado", disse a Tartaruga Falsa, "você já viu um deles, não?"

"Sim", disse Alice, "já os vi muitas vezes no jantar..." Ela se conteve a tempo.

"Eu não sei onde fica esse jantar", disse a Tartaruga Falsa, "mas se você já os viu com tanta frequência, é claro que você sabe como eles são."

"Acredito que sim", respondeu Alice com ponderação. Ele é um peixe sem escamas... e sempre coberto de farinha de rosca "Você está errada a respeito da farinha de rosca", disse a Tartaruga Falsa: "a farinha de rosca iria se dissolver no mar". "Mas eles não têm escamas, e o motivo para isso é..." aqui a Tartaruga Falsa bocejou e fechou os olhos – "Conte a ela sobre a razão de tudo isso", disse ela ao Grifo.

"A razão é", disse o Grifo, "que eles iriam com as lagostas para o baile. Mas eles foram jogados ao mar. Então eles caíram muito longe. Assim, não conseguiram voltar. E é tudo."

"Obrigada", disse Alice, "é muito interessante. Eu nunca aprendi tanto sobre um pintado."

"Posso lhe dizer mais do que isso, se você quiser", disse o Grifo. "Você sabe por que se chama pintado?"

"Nunca pensei sobre isso", disse Alice. "Por quê?"

"Porque é um peixe repleto de pintinhas e com o couro se faz botas e sapatos", respondeu o Grifo de forma muito solene.

Alice ficou completamente intrigada. "Será que as minhas botas e os sapatos...", pensou ela em um tom reflexivo.

"De que os seus sapatos são feitos?", perguntou o Grifo. "Quero dizer, o que os torna tão brilhantes?"

Alice olhou para eles, e considerou um pouco antes de dar sua resposta. "Acho que são lustrados com graxa, eu acredito."

LEWIS CARROLL

"Botas e sapatos vêm do fundo do mar", prosseguiu o Grifo em voz grave, "são feitos de pintados. Agora você sabe."

"E os sapatos do mar são feitos de quê?", Alice perguntou em um tom de grande curiosidade.

"Tilápias e enguias, é claro", respondeu o Grifo com impaciência. "Qualquer camarão poderia responder isso."

"Se eu fosse o pintado", disse Alice, cujos pensamentos ainda estavam na canção, "eu teria dito ao boto: 'Afaste-se, por favor: não queremos você conosco!'"

"Eles eram obrigados a tê-lo com eles", disse a Tartaruga Falsa. "Nenhum peixe sábio iria a lugar algum sem um boto."

"Não iria mesmo?", disse Alice num tom de grande surpresa.

"Claro que não", disse a Tartaruga Falsa. "Ora, se um peixe viesse até mim e me dissesse que ia viajar, eu diria: 'Com que trotósito?'"

"Você não quer dizer 'propósito'?", disse Alice.

"Estou falando sério", respondeu a Tartaruga Falsa num tom ofensivo. E o Grifo acrescentou: "Venha, vamos ouvir algumas de suas aventuras."

"Eu poderia lhes contar minhas aventuras - a partir desta manhã", disse Alice um pouco timidamente, "mas não adianta voltar ao passado, porque eu era uma pessoa diferente naquela época."

"Explique tudo isso", disse a Tartaruga Falsa.

ALICE NO PAÍS DAS MARAVILHAS

"Não, não! As aventuras primeiro", disse o Grifo num tom impaciente: "As explicações levam um tempo tão horrível."

Então Alice começou a contar-lhes suas aventuras desde a época em que viu pela primeira vez o Coelho Branco. Ela estava um pouco nervosa, a princípio, as duas criaturas se aproximaram tanto dela, uma de cada lado, e abriram os olhos e as bocas tão largas, mas ela foi ganhando coragem à medida que prosseguia. Seus ouvintes estavam perfeitamente calados até que ela chegou à parte sobre recitar "Você é velho, Pai William", para a Lagarta, e as palavras vinham todas diferentes, e então a Tartaruga Falsa respirou fundo, e disse: "Isso é muito curioso."

"É tudo tão curioso...", disse o Grifo.

"Tudo saiu diferente", disse a Tartaruga Falsa pensativa. "Eu gostaria de ouvi-la recitar algo agora. Diga a ela para começar". Ele olhou para o Grifo como se pensasse que ele tinha algum tipo de autoridade sobre Alice.

"Levante-se e repita: 'É a voz do preguiçoso'", disse o Grifo.

"Como as criaturas gostam de mandar por aqui, e de recitar canções e poemas.", pensou Alice; "Mais vale estar na escola de uma vez". Entretanto, ela se levantou e começou a recitar, mas sua cabeça estava tão cheia da Quadrilha da Lagosta, que mal sabia o que estava dizendo, e as palavras vieram realmente muito estranhas:

É a voz da lagosta; eu a ouvi declarar,

Você me assou muito marrom, tenho de adoçar meu cabelo.

Como um pato com suas pálpebras, assim ele com seu nariz

LEWIS CARROLL

Aperta seu cinto e seus botões, e vira seus dedos dos pés.

Quando as areias estão todas secas, ele é alegre como uma

cotovia, e falará em tom desdenhoso com um tubarão.

Mas quando a maré sobe e os tubarões estão por perto,

Sua voz tem um som tímido e temulento.

"Isso é diferente do que eu costumava dizer quando eu era criança", disse o Grifo.

"Bem, eu nunca tinha ouvido isso antes", disse a Tartaruga Falsa; "mas parece um absurdo incomum."

Alice não disse nada; ela havia se sentado com o rosto entre as mãos, perguntando-se se algum dia as coisas voltariam ao normal.

"Gostaria que me explicassem", disse a Tartaruga Falsa.

"Ela não consegue explicar", disse o Grifo apressadamente. "Continue com o próximo verso."

"Mas sobre seus dedos dos pés...", persistiu a Tartaruga Falsa. "Como ele poderia virá-los com seu nariz?"

"É a primeira posição na dança", Alice disse; mas ficou terrivelmente intrigada com tudo isso, e ansiava por mudar de assunto.

"Continue com o próximo verso", repetiu o Grifo impacientemente: "começa 'eu passei pelo seu jardim'."

Alice não se atreveu a desobedecer, embora tivesse a certeza de que tudo correria mal, e continuou com uma voz trêmula:

Passei por seu jardim, e vi, com um olho,

Como a Coruja e a Pantera estavam compartilhando uma torta...

A Pantera levou massa de torta, molho e carne,

Enquanto a Coruja tinha o prato como sua parte do deleite.

Quando a torta estava toda pronta, a Coruja, como um trunfo,

Foi gentilmente autorizada a embolsar a colher:

Enquanto a Pantera recebia faca e garfo com rosnado,

E concluiu o banquete...

"De que adianta repetir tudo isso", interrompeu a Tartaruga Falsa, "se você não explicar à medida que avança? É de longe a coisa mais confusa que eu já ouvi!"

"Sim, acho que é melhor você ir embora", disse o Grifo, e Alice ficou muito feliz em fazer isso.

"Vamos tentar outra figura da Quadrilha da Lagosta?", prosseguiu o Grifo. "Ou você gostaria que a Tartaruga Falsa cantasse uma canção para você?"

"Oh, uma canção, por favor, se a Tartaruga Falsa fosse tão gentil", respondeu Alice, tão avidamente que o Grifo disse, num tom bastante ofendido: "Hum! Não se deve levar em conta os gostos! Cante 'Sopa de Tartaruga', você poderia, velha amiga?"

ALICE NO PAÍS DAS MARAVILHAS

A Tartaruga Falsa suspirou profundamente e começou, com uma voz às vezes sufocada por soluços, a cantar:

Bela sopa, tão rica e verde,

esperando em uma terrina quente!

Quem, para tais delicadezas, não se rebaixaria?

Sopa da noite, bela sopa!

Sopa da noite, bela sopa!

Que be... la sopa!

Que be... la sopa!

Sopa do jantar

Bela, bela sopa!

Bela sopa! Quem se importa com o peixe,

Jogo, ou qualquer outro prato?

Quem não daria tudo por essa bela sopa

Tudo por apenas uma bela sopa? Apenas por uma bela sopa?

Bela sopa!

Bela sopa! Sopa do jantar!

Bela, bela sopa!

"Coro novamente!", gritou o Grifo, e a Tartaruga Falsa tinha acabado de começar a repeti-lo, quando ouviu um grito de "O início do julgamento!"

"Vamos lá!", gritou o Grifo, e, pegando Alice pela mão, ela se apressou, sem esperar pelo fim da canção.

"Que julgamento é esse?", Alice ofegava enquanto corria; mas o Grifo só respondeu: "Vamos!", e correu mais rápido, enquanto ficava mais e mais fraco, trazido pela brisa que os seguia, as palavras melancólicas:

Soo-oopa do jantar,

Bela, bela sopa!

Rei e a Rainha de Copas estavam sentados em seu trono quando eles chegaram, com uma grande multidão reunida em torno deles – todos os tipos de passarinhos e animais, bem como todo o baralho de cartas: o Valete estava de pé diante deles, acorrentado, com um soldado de cada lado para guardá-lo; e perto do Rei estava o Coelho Branco, com uma trombeta em uma mão e um pergaminho na outra. No meio da corte havia uma mesa, com um grande prato de tortas em cima dela: elas pareciam tão gostosas, que deixou Alice com muita fome ao olhar para elas - "Eu gostaria que o julgamento terminasse logo", pensou ela, "e que eles servissem as tortas!" Mas parecia não haver nenhuma chance disso, então ela começou a olhar para tudo em sua volta, para passar o tempo.

Alice nunca havia estado em um tribunal de justiça antes, mas ela havia lido sobre eles em livros, e ficou bastante satisfeita ao descobrir que sabia o nome de quase tudo ali. "Aquele é o juiz", disse ela para si mesma, "por causa de sua grande peruca."

O juiz, a propósito, era o Rei; e como ele usava sua coroa sobre a peruca, ele não parecia nada confortável, e o arranjo certamente não lhe ficava bem.

"E essa é a bancada do júri", pensou Alice, "e essas doze criaturas" (ela era obrigada a dizer "criaturas", veja, porque algumas delas eram animais, e algumas eram pássaros), "eu suponho que eles sejam os jurados". Ela disse esta última palavra duas ou três vezes para si mesma, estando bastante orgulhosa disso: pois ela pensou, e com razão, que poucas meninas de sua idade sabiam o significado da palavra. Entretanto, "integrantes do júri", também estaria correto. Os doze jurados estavam todos escrevendo muito ocupados nas lousas. "O que eles estão fazendo?", Alice sussurrou para o Grifo. "Eles ainda não podem escrever nada, antes do início do julgamento."

"Eles estão colocando seus nomes", o Grifo sussurrou em resposta, "por medo de esquecê-los antes do final do julgamento."

"Coisas estúpidas!", Alice exclamou em voz alta e indignada, mas parou apressadamente, pois o Coelho Branco gritou: "Silêncio na corte!" e o rei colocou seus óculos e olhou ansiosamente em volta, para ver quem estava falando.

Alice podia ver, como se estivesse olhando por cima dos ombros, que todos os jurados estavam escrevendo "coisas estúpidas" em suas lousas, e ela podia até perceber que um deles não sabia soletrar "estúpido", e que ele tinha que pedir a seu vizinho que lhe dissesse. "Uma bela confusão vai estar nas lousas antes que o julgamento termine!", pensou Alice.

Um dos jurados tinha um giz que rangia. É claro que Alice não podia suportar esse barulho, e ela deu a volta no tribunal e ficou atrás do jurado, e rapidamente encontrou uma oportunidade para

pegar o giz. Ela o fez tão rapidamente que o pobre jurado (era Bill, o Lagarto) não conseguiu perceber o que tinha acontecido; assim, depois de procurar o giz, ele foi obrigado a escrever com o dedo pelo resto do dia; e isto foi de muito pouca utilidade, pois não deixou nenhuma marca na lousa.

"Arauto, leia a acusação", disse o Rei. O Coelho Branco soprou três vezes o trompete e depois desenrolou o pergaminho, e leu como se segue:

"A Rainha de Copas fez algumas tortas,

Tudo em um dia de verão:

O Valete de Copas roubou essas tortas,

E as levou para bem longe!"

"Declarem o veredicto", disse o Rei ao júri.

"Ainda não, ainda não!", o Coelho interrompeu precipitadamente. "Há muita coisa a fazer antes disso!"

"Chame a primeira testemunha", disse o Rei; e o Coelho Branco deu três toques no trompete, e gritou: "Primeira testemunha!"

A primeira testemunha foi o Chapeleiro. Ele chegou com uma xícara de chá em uma mão e um pedaço de pão com manteiga na outra. "Perdão, Majestade", ele começou, "por trazê-los: mas eu ainda não havia terminado meu chá quando me mandaram chamar."

"Você deveria ter terminado", disse o Rei. "Quando você começou?"

O Chapeleiro olhou para a Lebre Maluca, que o havia seguido até a corte, de braço dado com o Caxinguelê. "Quatorze de março, eu acho que foi esse dia", disse ele.

"Quinze", disse a Lebre Maluca.

"Dezesseis", acrescentou o Caxinguelê.

"Escreva isso", disse o Rei ao júri, e o júri avidamente escreveu as três datas em suas lousas, e depois as somou, convertendo a resposta em dinheiro.

"Tire seu chapéu", disse o Rei ao Chapeleiro.

"Não é meu", disse o Chapeleiro.

"Roubado!", exclamou o rei, voltando-se para o júri, que imediatamente fez um memorando sobre o fato.

"Eu os mantenho para vender", acrescentou o Chapeleiro como explicação; "Eu não tenho nenhum chapéu. Sou um chapeleiro."

A Rainha colocou seus óculos, e começou a olhar fixamente para o Chapeleiro, que ficou pálido.

"Dê seu depoimento", disse o Rei; "e não fique nervoso, ou mandarei executá-lo no local."

Isto não pareceu encorajar em nada a testemunha: ele continuava mudando de um pé para o outro, olhando desconfortavelmente para a Rainha, e em sua confusão mordeu um grande pedaço de sua xícara de chá em vez do pão e da manteiga.

LEWIS CARROLL

Neste momento, Alice sentiu uma sensação muito curiosa, que a intrigou bastante, até que descobriu o que era: ela estava começando a crescer novamente, e pensou no início que se levantaria e deixaria o tribunal; mas, pensando melhor, decidiu permanecer onde estava enquanto houvesse espaço para ela.

"Gostaria que não me apertasse assim", disse o Caxinguelê, que estava sentado ao seu lado. "Eu mal consigo respirar."

"Não posso evitar", disse Alice muito mansamente: "Eu estou crescendo."

"Você não tem o direito de crescer aqui", disse o Caxinguelê.

"Não diga disparates", disse Alice com mais ousadia. "Você sabe que também está crescendo."

"Sim, mas eu cresço a um ritmo razoável", disse o Caxinguelê: "não dessa forma ridícula". E ele se levantou muito amuado e atravessou para o outro lado do tribunal.

Durante todo esse tempo, a Rainha não parou de olhar para o Chapeleiro e, assim que o Caxinguelê atravessou a corte, ela disse a um dos oficiais: "Traga-me a lista dos cantores do último concerto", ao que o miserável Chapeleiro tremeu tanto, que sacudiu os dois sapatos.

"Dê seu depoimento", repetiu o Rei com raiva, "ou mandarei executá-lo, esteja você nervoso ou não."

"Sou um homem pobre, Majestade", disse o Chapeleiro, com uma voz trêmula, "e eu não tinha começado a tomar meu chá, há mais ou menos uma semana, e como o pão com manteiga estava ficando tão fino... e o cintilar do chá..."

"O cintilar do quê?", perguntou o Rei.

"Começa com a letra C.", respondeu o Chapeleiro.

"Claro que o cintilar começa com C!", retrucou o Rei com muita nitidez. "Você me toma por um burro? Vá em frente!"

"Sou um homem pobre", prosseguiu o Chapeleiro, "e a maioria das coisas cintilou depois disso, só que a Lebre Maluca disse..."

"Eu não fiz!", interrompeu a Lebre Maluca com muita pressa.

"Você fez!", disse o Chapeleiro.

"Nego.", disse a Lebre Maluca.

"Ele nega.", disse o Rei: "Deixe de fora essa parte."

"Bem, de qualquer forma, o Caxinguelê falou...", prosseguiu o Chapeleiro, olhando ansiosamente em volta para ver se ele também negaria, mas o Caxinguelê não negou nada, estava dormindo tranquilamente.

"Depois disso", continuou o Chapeleiro, "cortei mais pão..."

"Mas o que disse o Caxinguelê?", perguntou um dos jurados.

"Eu não consigo me lembrar.", pronunciou o Chapeleiro.

"Você deve se lembrar ou eu o mandarei executar", ameaçou o Rei.

O miserável Chapeleiro deixou cair sua xícara de chá, o pão e a manteiga, e caiu de joelhos. "Sou um homem pobre, Majestade", começou ele.

"Você é um orador muito pobre", afirmou o rei.

Aqui um dos porquinhos-da-índia aplaudiu e foi imediatamente reprimido pelos oficiais da corte. (Como a palavra 'reprimido' é bastante difícil, vou apenas explicar como foi feita a coisa. Eles tinham uma grande bolsa de lona, que era amarrada na boca com cordas: nela eles enfiaram o porquinho-da-índia, primeiro a cabeça, e depois se sentaram sobre ela.)

"Estou feliz de ter visto isso ser feito", pensou Alice. "Li tantas vezes nos jornais, no final dos julgamentos, 'Houve algumas tentativas de aplausos, que foram imediatamente reprimidas pelos oficiais do tribunal', e nunca entendi o que isso significava até agora."

"Se isso é tudo o que você sabe sobre isso, você pode descer", continuou o Rei.

"Não posso ir mais baixo", disse o Chapeleiro. "Eu estou no chão."

"Então você pode se sentar.", respondeu o Rei.

Logo, um porquinho-da-índia aplaudiu, e foi reprimido.

"Isso acabou com os porquinhos-da-índia!", pensou Alice. "Vamos ver se vai melhorar."

"Eu preferia terminar meu chá", comentou o Chapeleiro, com um olhar ansioso para a Rainha, que estava lendo a lista de cantores.

"Você pode ir", ordenou o Rei, e o Chapeleiro saiu apressadamente da corte, sem sequer calçar seus sapatos.

"... e cortem-lhe a cabeça lá fora", a Rainha acrescentou a um dos oficiais, mas o Chapeleiro estava fora de vista antes que o oficial pudesse chegar até a porta.

"Chame a próxima testemunha", disse o Rei.

A testemunha seguinte era a cozinheira da Duquesa. Ela carregava a caixa de pimenta na mão e Alice adivinhou quem era, mesmo antes de entrar no tribunal, pela maneira como as pessoas perto da porta começaram a espirrar todas ao mesmo tempo

"Dê seu testemunho", mandou o Rei.

"Não dou", teimou a cozinheira.

O Rei olhou ansiosamente para o Coelho Branco, que disse em voz baixa: "Vossa Majestade deve interrogar esta testemunha."

"Bem, se preciso, eu interrogo", disse o Rei, com um ar melancólico, e, depois de dobrar os braços e franzir a sobrancelha até que seus olhos estivessem quase fechados, ele disse em voz grave: "Do que são feitas as tortas?"

"Pimenta, principalmente", disse o cozinheiro.

"Melado." disse uma voz adormecida atrás dela.

"Prendam o Caxinguelê!", gritou a Rainha. "Decapitem aquele Caxinguelê! Tirem esse Caxinguelê da corte! Suprimam-no! Belisquem-no! Cortem os bigodes dele!"

Por alguns minutos, todo o tribunal se viu em confusão, fazendo com que o Caxinguelê saísse, e, quando se instalaram novamente, a cozinheira já tinha desaparecido.

LEWIS CARROLL

"Não importa!", suspirou o Rei, com um ar de grande alívio. "Chame a próxima testemunha". E ele acrescentou em tom baixo à Rainha: "Realmente, minha querida, você deve interrogar a próxima testemunha. Isso faz doer bastante a minha cabeça!"

Alice observou o Coelho Branco enquanto ele remexia na lista, sentindo-se muito curiosa para ver qual seria a próxima testemunha, "pois eles ainda não tinham muitas provas", disse a si mesma. Imagine sua surpresa quando o Coelho Branco leu, no alto de sua voz estridente, o nome: "Alice!"

CAPÍTULO 12

O DEPOIMENTO DE ALICE

"Aqui!", gritou Alice, esquecendo o quanto ela cresceu nos últimos minutos, e ela saltou com tanta pressa que derrubou o banco do júri com a borda de sua saia, perturbando todos os jurados lá embaixo, e ali eles se espalharam, lembrando-a muito do aquário do peixe-dourado que ela acidentalmente havia derrubado na semana anterior.

"Oh, peço desculpas!", exclamou ela em tom de grande consternação, e começou a levantá-los o mais rápido que pôde, pois o acidente dos peixinhos dourados continuava em sua cabeça, e ela tinha uma vaga ideia de que eles deveriam ser recolhidos imediatamente e colocados de volta no banco do júri, ou eles morreriam.

"O julgamento não pode prosseguir", disse o rei em voz muito grave, "até que todos os jurados estejam de volta aos seus devidos lugares - todos", repetiu ele com grande ênfase, olhando com afinco para Alice enquanto ele falava.

Alice olhou para o banco do júri e viu que, em sua pressa, ela havia colocado o Lagarto de cabeça para baixo, e o pobre coitado estava balançando sua cauda de uma forma melancólica, incapaz de se mover. Ela logo o tirou de novo, e o colocou corretamente; "acho que seria tão útil no julgamento virado tanto para cima como para baixo."

Assim que o júri se recuperou um pouco do choque de estar chateado, e suas lousas e lápis foram encontrados e devolvidos a eles, eles começaram a trabalhar muito diligentemente para escrever a história do acidente, todos exceto o Lagarto, que parecia muito chocado para fazer qualquer coisa a não ser sentar-se com a boca aberta, olhando para o teto do tribunal.

"O que você sabe sobre este negócio?", perguntou o rei à Alice.

"Nada", disse Alice.

"Nada, seja o que for?", persistiu o Rei.

"Nada de nada", disse Alice.

"Isso é muito importante", disse o Rei, voltando-se para o júri. Eles estavam apenas começando a escrever isto em suas lousas, quando o Coelho Branco interrompeu: "Sem importância, é o que a Vossa Majestade quer dizer, é claro", disse ele num tom muito respeitoso, mas franzindo o sobrolho e fazendo caretas para ele enquanto ele falava.

"Sem importância, é claro, eu quis dizer." Falou o rei apressadamente, e se dirigiu a si mesmo em tom muito respeitoso, "importante...desimportante... importante... desimportante..." como se ele estivesse procurando qual palavra soava melhor.

ALICE NO PAÍS DAS MARAVILHAS

Alguns dos jurados escreveram "importante" e outros "desimportante". Alice pôde ver isto, pois estava perto o suficiente para olhar sobre suas lousas; "mas não importa nem um pouco", pensou ela para si mesma.

Neste momento, o Rei, que estava há algum tempo ocupado escrevendo em seu caderno, escreveu: "Silêncio!" E leu o que estava escrito: "Artigo Quarenta e dois. Todas as pessoas com mais de um quilômetro de altura podem deixar a corte."

Todos olharam para Alice.

"Eu não tenho um quilômetro de altura", disse Alice.

"Você tem", disse o Rei.

"Quase dois quilômetros de altura", acrescentou a Rainha.

"Bem, eu não vou sair, de forma alguma", disse Alice: "Além disso, essa não é uma regra regular: você a inventou agora mesmo."

"É a regra mais antiga do livro", disse o Rei.

"Então deveria ser a Número Um", disse Alice.

O Rei ficou pálido e fechou seu livro de anotações apressadamente. "Considerem seu veredicto", disse ele ao júri, em voz baixa e trêmula.

"Ainda há mais provas por vir, por favor, Vossa Majestade", disse o Coelho Branco, pulando com muita pressa; "este papel acabou de ser descoberto."

"O que há nele?", disse a Rainha.

"Ainda não abri", disse o Coelho Branco, "mas parece ser uma carta escrita pelo prisioneiro para alguém."

"Deve ter sido isso", disse o Rei, "a menos que não tenha sido escrito a ninguém, o que não é usual."

"A quem é dirigido?", questionou um dos jurados.

"Não é dirigido a ninguém", disse o Coelho Branco; "na verdade, não há nada escrito no lado de fora". Ele desdobrou o papel enquanto falava, e acrescentou: "Afinal, não é uma carta: são versos."

"É a letra do prisioneiro?", perguntou um dos jurados.

"Não, não é", disse o Coelho Branco, "e isso é a coisa mais estranha." (O júri parecia confuso.)

"Ele deve ter imitado a letra de outra pessoa", disse o rei. (O júri se animou novamente.)

"Por favor, Vossa Majestade", disse o Valete, "eu não escrevi e eles não podem provar que escrevi: não há nenhum nome assinado no final."

"Se você não assinou", disse o Rei, "isso só piora a situação". Você deve ter feito alguma maldade, senão teria assinado seu nome como um homem honesto."

Houve um aplauso geral: foi a primeira coisa realmente inteligente que o Rei disse naquele dia.

"Isso prova sua culpa", disse a Rainha.

"Isso não prova nada disso", disse Alice. "Ora, você nem sabe o que os versos dizem!"

ALICE NO PAÍS DAS MARAVILHAS

"Leia-os", disse o Rei.

O Coelho Branco colocou seus óculos. "Por onde devo começar, por favor, Vossa Majestade?", perguntou ele.

"Comece no início", disse o Rei com seriedade, "e continue até o fim: depois pare."

Estes foram os versos que o coelho branco leu:

Disseram-me que você tinha estado com ela,

E me mencionou.

Ela achou que eu era um bom caráter,

Mas eu disse que não sabia nadar.

Ele deu sua palavra de que eu não tinha ido.

(Sabemos que isso é verdade):

Se ela deve insistir no assunto,

O que seria de você?

Eu lhe dei um, eles lhe deram dois,

Você nos deu três ou mais;

Todos eles devolveram para você,

Embora antes fossem meus.

LEWIS CARROLL

Se eu ou ela tiver a chance de ter

envolvido neste caso,

Ele confia em você para libertá-los,

Exatamente como nós éramos.

Minha noção era que você tinha sido

(Antes que ela surtasse)

Um obstáculo que se interpôs entre

Ele, e nós mesmos, e aquilo.

Não deixe que ela saiba que ela gostava mais deles,

Pois isto deve ser sempre

Um segredo, guardado de todo o resto,

Entre você e eu.

"Essa é a prova mais importante que já ouvimos", disse o Rei, esfregando suas mãos; "então agora deixe o júri..."

"Se algum deles puder explicar esses versos", disse Alice, (ela tinha crescido tanto nos últimos minutos que não tinha medo de interrompê-lo), "eu lhe darei dinheiro". Não acredito que haja um mínimo de significado neles."

LEWIS CARROLL

Todos os jurados escreveram em suas lousas: "Ela não acredita que haja um mínimo de significado nele", mas nenhum deles tentou explicar os versos.

"Se não há sentido nisso", disse o Rei, "isso poupa um mundo de problemas, pois não precisamos tentar encontrar nenhum". E ainda não sei", continuou ele, espalhando os versos no joelho, e olhando para eles com um só olho; "parece que vejo algum significado neles, afinal de contas". "– disse que não sabia nadar –" você não sabe nadar, não é mesmo?", ele acrescentou, voltando-se para o Valete.

O Valete balançou a cabeça tristemente. "Tenho cara de quem sabe nadar?", disse ele. (O que ele certamente não faz, sendo feito inteiramente de papelão.)

"Tudo bem, até agora", disse o Rei, e ele continuou murmurando sobre os versos para si mesmo: '*Sabemos que é verdade...*' é o júri, claro... '*Eu lhe dei um, eles lhe deram dois...*' Ora, deve ser o que ele fez com as tortas, você sabe..."

"Mas continua '*todos eles devolveram para você*'", disse Alice.

"Ora, aí estão eles", disse o Rei triunfantemente, apontando para as tortas sobre a mesa. "Nada pode ser mais claro do que isso. Então novamente... 'antes que ela tivesse um ataque' você nunca teve ataques, minha querida, eu acho?", falou ele à Rainha.

"Nunca!", disse a Rainha furiosamente, jogando um tinteiro no Lagarto enquanto ela falava. (O infeliz Bill havia deixado de escrever em sua lousa com um dedo, pois achou que não deixava nenhuma marca; mas agora começou de novo apressadamente, usando a tinta, que lhe escorria pelo rosto, enquanto não secava.)

"Então as palavras não lhe servem", disse o Rei, olhando em volta da corte com um sorriso. Havia um silêncio mortal.

"É um trocadilho", acrescentou o Rei em tom ofensivo, e todos riram, "Que o júri considere seu veredicto", disse o Rei, pela vigésima vez naquele dia.

"Não, não!", falou a Rainha. "Sentença primeiro, veredicto depois."

"Mas que bobagem", disse Alice em voz alta. "A ideia de ter a sentença primeiro!"

"Segure sua língua", disse a Rainha, ficando roxa.

"Não vou", disse Alice.

"Cortem-lhe a cabeça!", gritou a Rainha no alto de sua voz. Ninguém se mexeu.

"Quem se importa com você", disse Alice (ela já tinha crescido até o seu tamanho máximo) "Você não passa de um maço de cartas."

Nisso, todo o baralho se levantou no ar e veio voando sobre ela; ela deu um pequeno grito, metade de susto e metade de raiva. Então se viu deitada na colina, com a cabeça no colo de sua irmã, que estava gentilmente retirando algumas folhas que haviam caído das árvores em seu rosto.

"Acorde, Alice querida!", disse sua irmã; "Ora, que longo sono você teve!"

"Oh, tive um sonho tão curioso..." E Alice contou à irmã, detalhando o que conseguiu se lembrar, todas essas estranhas aventuras

JOHN TENNIEL

que você acabou de ler; e quando ela terminou, sua irmã a beijou, e disse: "Foi um sonho curioso, querida, certamente, mas agora corra para o seu chá; está ficando tarde". Então Alice levantou-se e saiu correndo, pensando, enquanto corria, que sonho maravilhoso tinha sido.

Mas sua irmã permaneceu imóvel quando ela a deixou, inclinando a cabeça sobre sua mão, observando o sol poente e pensando na pequena Alice e em todas as suas maravilhosas aventuras, até que ela também começou a cochilar e a sonhar, e este era seu sonho:

Primeiro, ela mesma sonhou com a pequena Alice, e mais uma vez as minúsculas mãos estavam presas em seu joelho, e os brilhantes olhos ansiosos olhavam para dentro dela... ela podia ouvir os próprios sons de sua voz, e ver aquele jeito esquisito de mexer sua cabeça para manter para trás os cabelos teimosos que sempre queriam entrar em seus olhos e ainda enquanto ela ouvia, ou parecia ouvir, todo o lugar ao seu redor tornou-se vivo com as estranhas criaturas do sonho de sua irmãzinha.

A longa grama farfalhou a seus pés enquanto o Coelho Branco se apressava a passar; o Rato assustado salpicava água pela piscina; – ela podia ouvir o chacoalhar das xícaras de chá enquanto a Lebre Maluca e seus amigos dividiam sua refeição sem fim, e a voz estridente da Rainha ordenando que seus infelizes convidados fossem executados; via que o porco-bebê espirrava no joelho da Duquesa, enquanto pratos e louças se desmanchavam em torno dela; mais o grito do Grifo, o ranger do giz na lousa do Lagarto e o engasgamento dos porquinhos-da-índia reprimidos enchiam o ar, misturados com os soluços distantes da miserável Tartaruga Falsa.

Então ela se sentou, de olhos fechados, quase acreditou estar no País das Maravilhas, embora soubesse que só tinha que abrir os olhos novamente, e tudo mudaria para uma realidade enfadonha;

a grama só estaria murmurando ao vento, e a piscina se ondulando para o aceno dos canaviais – as xícaras de chá se transformariam em sinos de ovelhas cintilantes, e os gritos estridentes da Rainha para a voz do menino pastor; e o espirro do bebê, o grito do Grifo, e todos os outros ruídos estranhos, mudariam (ela sabia) para o clamor confuso da agitada fazenda – enquanto o rebaixamento do gado na distância tomaria o lugar dos pesados soluços da Tartaruga Falsa.

Finalmente, ela imaginou para si mesma como a irmãzinha dela seria, no futuro, uma mulher adulta; e como ela manteria, durante todos os seus anos mais maduros, o coração simples e amoroso de sua infância; e como ela se reuniria com seus filhinhos, e faria olhos e ansiosos delas brilharem com muitas histórias estranhas, talvez até mesmo com o sonho do País das Maravilhas de muito tempo atrás; e como ela se sentiria com todas as tristezas simples deles, e encontraria um prazer em todas as alegrias simples deles, lembrando-se de sua própria infância, e dos dias felizes de verão.

FIM

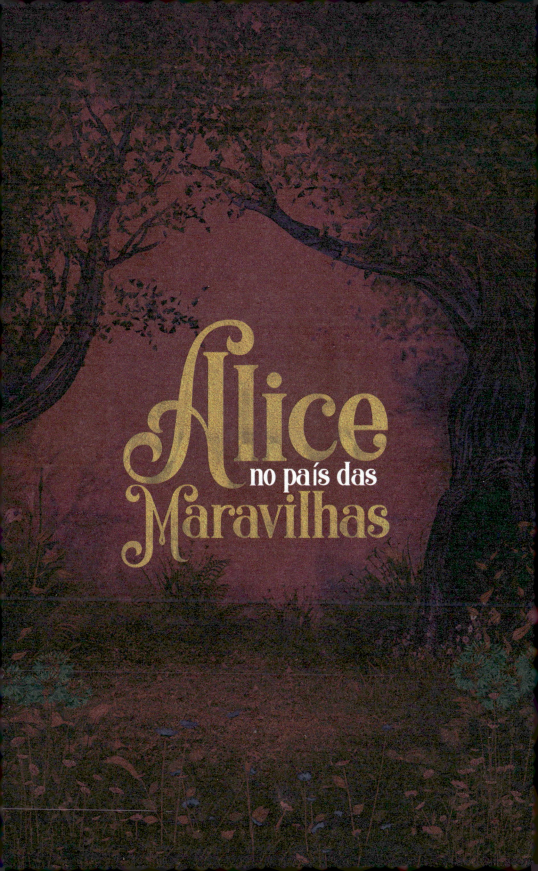

**CONFIRA NOSSOS
LANÇAMENTOS AQUI!**

GARNIER
DESDE 1844